Mmapelo O Ja Serati

(Terama Ya Sepedi)

Zanele Ramadimetja Gosa

First edition 2022

First published 2022

ISBN: 978-0-620-94707-7

Author   : Zanele Ramadimetja Gosa
                    : 079-548-0087
                    : zaneleramadimetjg@gmail.com

Editor   : Lucas Zaba Chego
                    : 079-080-9452 / 073-393-1795
                    : lcszaba@gmail.com

Layout   : Lucas Zaba Chego
                    : 079-080-9452 / 073-393-1795
                    : lcszaba@gmail.com

Cover Design   : Sudden Dambuza
                    : 060-341-1123 / 065-803-8090
                    : creativedesigns117@gmail.com

KA MONGWADI

Zanele Ramadimetja Gosa ke morwedi wa mohu Morena Mxewuka Gosa le Mohumagadi Raisibe Paulina Gosa. O belegwe ka la tharo kgweding ya Lewedi ka ngwaga wa seketemakgolosenyane masomesenyane seswai *(03/09/1998)* go la Mokopane, motseng wa Mosesetjane Ga-Sekgoboko zone 2.

Yena o thomile dithuto tša gagwe sekolong sa Sepedi Primary School go tloga ka ngwaga wa ketepedinne *(2004)* go fihla ka ngwaga wa ketepedi lesometee *(2011)*. Ka ngwaga wa ketepedi lesomepedi *(2012)*, o ile a tšwela pele a ya go ithuta sekolong se se phagamego sa Lekwa Secondary School go fihla ka ngwaga wa ketepedi lesometshela *(2016)*, moo a ilego a aloga mphatong wa gagwe wa marematlou, gape o na le letlalo la *Diploma* ya Operations management. Ga bjale o šoma ka tša kgwebo.

i

DITEBOGO

Go batswadi ba ka, mohu Morena Mxewuka Gosa le Mohumagadi Raisibe Paulina Gosa, ke leboga kgodišo le thekgo yeo le mphilego yona go fihla lehono. Gabotse a ke re go fihla maemong a ke le go mo go ona lehono, ke moo ke mosadi ke a ithagaraga ke gotša le poo ya mollo ka meketla. Ka go realo ke re tsebang gore ke tla dula ke na le tebogo go tšohle tšeo le ntiretšego tšona, le nkagile ke a leboga.

Ge nka lebala dikgaetšedi tša ka, 'Godwill, Nicholas, Khomotjo le Paul Gosa' nka fetoga noga ka šaya tebogo. Bana bešo, ke leboga lerato le thekgo yeo le mphilego yona go goleng ga ka go fihla lehono, ke re a nke Ramasedi a le lote.

Ndiya bulela maGosa.

Go barutiši ba ka ba leleme la gae (Sepedi), Morena Mametša le Mohumagadi Molebale, ke leboga tšohle tšeo le nthutileng tšona ka gore ke moo lehono lenna ke mongwadi yo a ikgantšhago wa go thoma leeto la gagwe la bongwadi ka go ngwala puku ya *M-mapelo O Ja Serati* yeo e ngwetšwego ka leleme la gae, ka gorealo ke re a nke Modimo a le lote a be a le šegofatše le go feta.

LEFELO LA PUKU YE

Ttša puku ye di kgatlampana motseng wa Mosesetjane Ga-Sekgoboko zone 2 go la Mokopane. Tseba motsana wo o šomišitšwe go fa ditiragalo le molaetša wa terama ye fela. Bjalo, maina a baanegwa a bupilwe ke mongwadi go no tšea karolo ka mo papading ye, tseba ga a dirišwa go lebeletšwe badudi ba Mosesetjane.

Go no etša ditiro tša baanegwa ba, e no ba dienywa tša mogopolo wa mongwadi gore a kgone go fahloša mmadi gore o ka se gapeletše motho gore a go rate mola yena a sa nyake. Ke ka lebaka leo mongwadi a theilego puku ye go re ke Mmapelo O Ja Serati, a re ipshineng ka yona.

iii

KAKARETŠO

Mmapelo O ja serati ke terama ye e le go ka ga lesogana leo go thwego ke Tumišo. Yena o be a ratana le lekgarebe leo go thwego ke Lerato. Ge nako e ntše e sepela, Tumišo o ile a ikhwetša a ithatetše lekgarebe le lengwe leo go thwego ke Lethabo, gomme a mo rata go feta ka mokgwa wo a bego a rata Lerato. Go ile goa se be bonolo go re Tumišo a kgaogane le Lerato yoo e be a se a ka a mo direla phošo le ka e tee gore a kgone go ratana le lerato la pelo ya gagwe. Ge matšatši a gatana direthe, Lerato o ile a thoma go gononela gore go na le seo se diregago gare ga Tumišo le Lethabo, a ba a feletša a eya go Lethabo go mo tšhošetša gore a kgaogane le lesogana la gagwe. O rile go dira bjalo ya ba e ke o be a ba hlohleletša gore ba ratane le go feta, seo se ile sa mo ferekanya kudu moo e le go gore o ile a ya go nkadingala gore a mo fe sehlare sa moratišo gore a ješe Tumišo pele Lethabo a mo amoga yena. Ka madimabe seo se ile sa se mo šomele a kgopišega kudu moo e le go gore o ile a lefa batho go re ba bolaye Lethabo, ka madimabe leano leo le lona la folotša.

Gomme o ile a boyela go nkadingala a mo lefa gore a tloše Lethabo 'tšatšing, ka madimabe maleatlana a nkadingala le ona a hlolega. Moo o ile a bona bokaone e le go betha Lethabo ka molamo go re a mmolaye goba a mo gobatše moo e le go gore Tumišo o tla re ge a mmona a sehlo a nyaka go ikamantšha le yena gape. Ka morago ga dikgobalo tšeo Lethabo o ile a hwetšwa mmileng a rapaletše ba nama ba mo iša bookelong, Tumišo o rile go kwa go re Lerato ke yena a gobaditšego Lethabo ka mokgwa ola, a nama a befelwa kudu moo e le go gore o ile a arogana le yena. Ka morago ga moo a ya bookelong go Lethabo go kgopela tshwarelo. Lethabo o rile go mo tshwarela a nama a mo kgopela gore a mo nyale, ba nama ba nyalana ya ba maswi le dinose.

DITENG

BAANEGWA

1. **Tumišo**   :   Monna wa Lethabo.

2. **Khutšo**   :   Mogwera wa Tumišo.

3. **Lethabo**   :   Mosadi wa Tumišo.

4. **Mapula**   :   Sesi wa Lethabo.

5. **Hunadi**   :   Mmago Lethabo le Mapula.

6. **Morongwa**   :   Mogwera wa Lethabo.

7. **Lerato**   :   Lekgarebe la pele la Tumišo.

8. **Mosebjadi**   :   Mmago Lerato.

9. **Pheladi**   :   Mogwera wa Lerato.

KAROLO YA 1
Temana 1

(Ke mosegare pula e na ka medupi, ge seširo se bulega re bona Lethabo a tsena ka lebenkeleng la Tumišo)

Lethabo: Thobela Ralebenkele.

Tumišo: Dumela Lethabo. *(O mo dumediša ka mafolofolo)*

Lethabo: Le sa iketlile Ralebenkele?

Tumišo: *(O topa lešela, o hlwekiša khaonthara)* Aowa bothata ga bo gona, re ka botšiša lena?

Lethabo: Aowa, gomme ge nkabe le kwele Ralebenkele gothwe 'mokgoši'.

Tumišo: Aowa re leboga ge letswai le sa le nameng, efela goreng o mpitša Ralebenkele mola ke na le leina? Ke kgopela gore o mpitše Tumišo.

Lethabo: *(O bolela ka dihlongwana)* Gona go lokile ke tla thoma go le bitša Tumišo.

Tumišo: *(O bolela a myemyela)* Nka thaba kudu ge o ka dira bjalo hle Lethabo la ka.

1

Lethabo: *(Ka tlabego)* A ke go kwele gabotse? O ra goreng ge o re ke Lethabo la gago?

Tumišo: *(O bolela a myemyela)* Mhmm seo ke se boledišwa ke go re ka mehla ge ke go bona, pelo ya ka e rutha madibeng a lethabo.

Lethabo: *(O a myemyela)* Hei. Tumišo, wa tla wa dira gore ke felelwe ke mantšu ge o realo.

Tumišo: *(O ediša mahlo, a mo swara ka seatla)* Ke a go rata Lethabo, tseba ga gona le selo seo se ka nthabiša go feta ge nka ipona ke ntšhana sa inong le wena. E bile re tšofala mmogo ka le lengwe la matšatši.

Lethabo: *(O myemyela motšhaotšhele, e bile a lewa ke dihlong)* Tumišo, o a tseba mantšu a gago a tloga a tantše leleme le la ka, ke tloga ke sa tsebe gore nka go fetola ka reng ge o realo.

Tumišo: *(Go tsena moreki, o reka senwamaphodi gomme ke yola Tumišo o se ntšha ka setšidifatšing o fa moreki, a sega Lethabo ka mokgwa wa kgegeo)* Hahahaa, o ra go re senoinoi sa go swana le wena se ka hlwelwa ke ditaba dihlaeng? Ke ra ngwana wa letlalo la borethe o ka re o hlapa ka maswi! Ga ke kgolwe gomme.

Lethabo: *(O a sega, gomme o nyakile a kgangwa ke mare e le ge a natefelwa ke mamapo a ditaba tšeo ba mo fepago ka tšona)* Hihihi... E re ke go botše ge, go ba yo

2

mobotse ga go šupe go re mantšu a mohuta wo a ka se go hwetše ditaba dihlaeng, efela ke a leboga ke be ke sa tsebe gore lenna ke a kgahliša.

Tumišo: Aowa ga re leboga Ramasediᵎapoloko, efela tseba go re taba ye ke e šišinyago fa, ke tloga ke tiišitše ka ga yona. Bjalo, e bile ga go hlokagale go re o mphetola gona bjale. Ke kgopela gore o ye o dumelele kgopolo ya gago e e šile gabotse, mogongwe e tla go botša se sekaonekaone ke moka ka morago ga moo o tla tla o mpotša gore o naganne bjang.

Lethabo: (O ile le kgopolo tša gagwe e bile o itebetše) Gona go lokile Ralebenkele, ke...

Tumišo: (O mo tsena ganong) Leina leo hle.

Lethabo: (U bolela ka dihlongwana) Iyoh! O tla ntshwarela hle Tumišo, leina le le sale mo lelemeng le la ka.

Tumišo: (O mo fetola a myemyela) Tshwarelo ya gago e a amogetšwe rato, ee bona e bile ke lebeletše ditaba, nka go tšhelela eng sa gonwa?

Lethabo: (O a dikadika) Ee.. A ke…

Tumišo: (O mo tsena ganong) Lethabo ke a go kgopela hle, ke kgopela gore o se ke wa gana gonwa le nna se sengwe, a fa o a kwa go re ꞌtšatšana le le fiša bjang kua ntle?

Lethabo: *(Ka myemyelo)* Gona o ka no ntšhelela senotšididi sa *cola*.

Tumišo: *(Ka mafolofolo le lethabo)* Mmhm thato ya gago ke taelo ya ka Mohumagadi, e re ke dire bjalo. *(O bolela a lebile kua setšidifatšing ke moka ka morago ga moo o boa a tshwere tše pedi, a mo fa sa gagwe)*

Lethabo: Ke a leboga. *(Ke ge ba di bula morago ga moo ba kolobiša megolo)*

Tumišo: Go leboga nna, bjale mpotše mo, etse o bala mphato wa bokae kua sekolong?

Lethabo: Lenyaga ke moremi wa ditlou, ke rema tlou ka selepe sa magagane gomme.

Tumišo: *(O dumela ka hlogo)* Mmm... O tloga o šomile wena moepathutse, ke moo o ka ntlhaneng bjale le lehumo le kgauswi. Phethagatša ditoro tša gago.

Lethabo: *(Ka myemyelo)* Mhm o ra gore? Ge e le nna ʼena ke bona o ka re ke sa le kgole le go di phethagatša.

Tumišo: Gomme ntshepe ge ke re o kgauswi ka lebaka la gore o šaletšwe ke mengwaga e mmalwanyana fela, ge o re phaphara! O tla be o šoma mošomo wa ditoro tša gago.

4

Lethabo: Moo gona o tloga o opile kgomo lenaka oa tseba Tumi.

Tumišo: *(O a myemyela)* Mhm... O a tseba ke rata ka mokgwa wo o mpitšago ka gona. Ke tloga ke tsikiditlega e le ruri.

Lethabo: *(O a sega)* Hahaa... Ke thabela go kwa seo, efela Gona bjale ke swanetše gore ke sepele, gape ke na le mengwaga e tshela kele fa.

Tumišo: *(Ka go nyama)* Aowa! Gape ga o na le iri tše tharo o le mo, goreng o sepela e sa le ka pela bjale?

Lethabo: Gape bomma ke kgale ba nthomile, bjale ba tlile go makala ge ba bona ke sa boe.

Tumišo: Aowa, gona go lokile Lethabo la ka, ke leboga metsotswana yeo o mphilego yona gore ke ntšhe sa mafahleng.

Lethabo: Le nna ke leboga ge o phutše sekaku, ka gore le Baswana ba boletše ba re: "Ngwana yo a sa llego o hwela tharing."

Tumišo: *(O bolela a sega)* Heee! Moo gona o opile kgomo lenaka. A ke re ge ke sa ipobole ke tlakwa ka moso go thwe o segišana le mokete, pele e tla se nkotle gona fao?

5

Lethabo:	*(O a sega)* Hahaa... E tla go berekolla gomme. Ke kgopela o mphe marotho a mabedi le senotšididi sa *Cola. (O ntšha tšhelete ka morabeng)*
Tumišo:	E bile o na le mahlatse, ka gore marotho a se kgale a pakilwe a sa tšwa ka mapaneng. *(O di bea mo godimo ga khaonthara)*
Lethabo:	Gona ke tloga ke na le mahlatse e le ruri, tšhelete še, ga ke tsebe o tla ba le... *(O rile ge a e fa Tumišo tšhelete, ke ge a mo tsena ganong)*
Tumišo:	Aowa, e tšee ke go fa yona.
Lethabo:	Aowa, Tumišo, ke kgopela gore o tšee tšhelete ya gago nna ke sepele hle.
Tumišo:	Nagana ka le lengwe la matšatši ke hlološetša bana ba ka go re ke ile ka tšea mašeleng a mmago bona a nkgopela marotho a mabedi le *Cola* fela.
Lethabo:	*(O bolela a sega)* Hehe! O a tseba o kgona ke gore ke go laye ke go gane, ka go re ke moo o šetše o bina pele moropa o ka lla.
Tumišo:	*(O a sega)* Haa.. Mpho se se! Ka bomma ba ntswetše nna'ena o ka se nkgane.
Lethabo:	Goreng o re bjalo? Go pala kae?

Tumišo: (*Ka boitshepo*) Ke ka lebaka la gore ke a tseba gore o a nthata efela o no ba o tšhaba go mpotša. Sa bobedi ke ka lebaka la gore ke monna yo mobotse wa go ema ka maoto e le go seo

mosadi

yo mongwe le yo mongwe a se nyakago mo monneng wa gagwe.

Lethabo: (*O itshwere molomo*) Wena na! O a tseba o tloga o ipoditše gore wena o monna wa leemo. Bjale, e re ke go botše, rena ba bangwe re ithatela banna ba ba kopana, o tla šala gabotse. (*O bolela a lebile kua mojako*)

Tumišo: (*O bolela a sega*) Hahahaaa, a reng maaka mo mosading wa ka, go lokile o sepele gabotse.

Seširo

Temana 2

(Letšatši le ya bodikela, ge seširo se bulega re bona Lethabo a fihlile ka gabo e bile a na le mmagwe)

Hunadi: *(O galefile)* Hei, wena ngwanenyana tena, goreng o tšere mengwaga e meraro kua lebenkeleng?

Lethabo: *(O tšhogile)* Eh... Mma, tshwarelo hle, ke.. Ke..

Hunadi: *(O mo tsena ganong)* Goreng o itoma leleme bjale? Ke gona o nyaka go tla ka makatika, a o rata go ntšhela phori mahlong?

Lethabo: Aowa, ga go bjalo, ke no ba ke tšhošwa ke ka mokgwa wo le befetšwego ka gona. *(O dula fase)* Mokgwa ke ile ka ditelwa ke Morongwa, gabotse a ke re ke diegile kua gagabo ka ge re be re ahlaahla tše dingwe.

Hunadi: *(O phagamiša lentšu)* Eya! O lešilo sehlola tena, nna ke a go roma wena o ya ga bo Morongwa?

Lethabo: *(Ka boikokobetšo)* Ga e be thipa gomela hle mmago Lethabo, ga e senye e sa agela. *(O bula letsikangope morago ga moo o tšhela senotšididi sa mmagwe le sa gagwe ke moka ba kolobiša megolo)* Morongwa o be a nteleditše mogala a nkgopela gore ke tle ke mmone ka ponyo ya leihlo. Bjale ke sentše ka go pataganya pshio tša tlou, ke moo kgomo e tswetše

8

namane ya motlaba e gaka le modiši.

Hunadi: *Oh*, ke a bona bjale. *(O a ema, o thumaša seyalemoya)* Yola Morongwa ge a go bitša o fofela kua le lenong le sa fihlego. Efela ge e le nna mmago, ke ra nna o a nnyatša. Gona bjale ke swanetše ke tle ke je marotho mola le tšhetše kgomo mokokotlo! Ga go molato, beeletša meetse a foofoo fao.

Lethabo: Aowa mma, le se e nametše thaba hle. Le gatee gago bjalo, le tla ntshwarela. *(O lebile ka moraleng)*

Hunadi: Ke ra yola Morongwa o re kgomo ya mošate e be e eswa? Ka gore ke moo go kwagala e ke tša gagwe e be e le tša tšhoganetšo, o re go senyegile ge go etla kae?

Lethabo: *(O bolela a kgotlakgotla sellathekeng)* E... O be a… O be a mpileditše go re ke tle ke mo thuše ka dipalontshetshere ka lebaka la gore ka moso mesong re ya go ngwala molekwana wa tšona.

Hunadi: Gona go lokile. Feta o tšee digalase tše mo o di iše ka kua moraleng, o tsebe ditla re bakela dinose ka ge re be re enwa tša sukišana.

Lethabo: A ke name ke dire bjalo pele go tsena moeng. *(O rile go bea digalase ka moraleng a nama atšwa a leba phapošing ya gagwe ya marobalo)*

9

Hunadi: Auwi! Bjale le šetše le eya kae? *(O maketše)*

Lethabo: Ke ya phapošing ya ka ya borobalo.

Hunadi: Le šetše le gopotše go pompala? Ke ra gape le foofoo yela e sešo e loka. *(O bolela a dutše sofeng ka kua bodulong)*

Lethabo: *(O bolela a tsena e bile a lebile malaong)* Gomme ga go bjalo, ke no ba ke nyaka go ikhutša ga nyane. Gape ke kgale go sele.

Hunadi: Heei, nna 'ena ga ke kgolwe gore bogadi o tla loka ngwanaka, gape bogadi go a bollwa. Ayi, gona go lokile ke tla itirela foofoo. *(O bolela a lebile moraleng go itirela foofoo)*

Lethabo: Ke a leboga. *(O itahlela malaong)*

Hunadi: *(O bolela a nnoši a inwela foofoo)* Ai, ngwana yo matšatši a o ka re o tla mmakatša, go thoma neng yena a robala ka pela bjale? Hei, re tla re ke dipitsi ra bona ka mebala. O ka hwetša e le mothwana wa kgobe ge a itšalo, joo! Ke tlo bona ke dirile bjang ge nnete a le bjalo? Gape ga bo tatagwe ba tlile go re ke motswadi wa go hloka maikarabelo. Ka gore ke moo ba setše ba mphara ka molato gothwe ke bolaile monna wa ka, hei tše ke di bonago. A ke fetše go nwa foofoo ye ke ye go nošetša serapana sa ka. *(Ba rile go fetša ba nama ba ema, ba leba serapaneng sa bona)*

10

Lethabo: *(O mo malaong, e bile o bolela a nnoši a myemyela)* Mm... Wa tseba ke tloga ke sa tshepe go re Tumišo ka moka o nkgopetše go re ke be lekgarebe la gagwe. Hei, efela o ra go re taba ye a mpoditšego yona e ka ba e le nnete, goba o nyaka go ntšhomiša bjale ka mahlare a tee a re mola a feditše ka nna a ntahlele kua kgole? Efela ge e le go re o mpotša nnete, gona nnete ya gagwe ke tloga ke e thabela ka lebaka la gore ke kgale ke ntše ke mo rata. E bile ke rapela Ramasedi gore a mo šegofatše a nthate le nna ka go re nnete nama kgapeletša e phuma pitša. *(O lebelela senepe sa Tumišo mo sellathekeng sa gagwe),* Ka lebaka la gore go be go ka se be bonolo go re ke mo kgopele gore a ratane le nna. *(O sa tšwela pele a myemyela e bile a binabiniša le menwana ya maoto).* Mhm e re motho a iše marapo gobeng. *(O a robala)*

Seširo

Temana 3

(Ke mosegare wa sekgalela, ge seširo se bulega re bona Tumišo a na le Lerato ka mo Lebenkeleng)

Lerato: Tumišo, goreng o ka re matšatši a o seatlantepeng? Heyi! Ke re ga o fetwe ke roko mogatšaka.ga

Tumišo: *(O a ikgakantšha)* O bolela ka eng bjale?

Lerato: *(O itshwara matheka)* Ahu! O tseba gabotse go re ke tshwere efe fa, e bile o se ke wa ba wa leka go širela ka lehlokwa.

Tumišo: *(O topa galase, o tšhela meetse morago ga moo o a nwa)* E le go re wena o di tšea kae ditšiebadimo tšeo?

Lerato: Hei! Ya go re eng ke e tšea kae ga e nyake wena, sa gago ke gore o tšwe ka nnete.

Tumišo: *(Ka tlabego)* Bathong! Nna 'ena go tloga le ngwaga o la ke thomilego go o rata, ga se wa ka wa nkhwetša ke na le mahlo a mararo, seatlantepeng nna? Aowa! Nna ke ithatela wena fela.

Lerato: *(O mo lebelela ka mahlong)* Ka nnete? Bjale lekgarebe le o be go o dutše le lona sebaka se se telele ka mo lebenkeleng le la ka ke mang? Gona goreng a tšere ngwaga ka mo?

Tumišo: *(O tlalwa ke pelo)* Eyi! Eyi! Kganthe goreng ka tshele? Bjale nna ke swanetše go metela batho gore ba reke metsotso e me kaakang? *(Go tsena moreki, o a mo thuša)* E le gore ke mang a go fepago ka ditaba tša bošilo ka tsela ye? Ke eng tše o mpotšišago tšona?

Lerato: Eyayee, ke dilo tša bošilo lehono mola maabane go be go le bose ka mo le ntšhana sa inong? Bjale e re ke go botše ge, wa mpona nna? Ke mošwang wa matuba ga ke tlankelwe ke balata ke sejo sa magoši. Tseba gore ke na le mahlo gohle mo, dikgomo tše di nyakago go ntšela mabele ke di beile leihlo. Sekhukhuni se bonwa ke sebataladi, o se re o e buela mangopeng wa nagana gore magokobu a ka se go bone, ka go realo, o itlhokomele gore o dira eng le mang ka nako mang. *(O mo šupa ka monwana)* Go se go bjalo go tla nkga go se gwa bola!

Tumišo: *(Ka boikokobetšo)* Mogatšaka, ke kgopela gore o ntshepe ge ke re ga gona motlabo mo, ga ke ikutswe le motho. Mosadi wa ka ke wena, ntle le wena ga go yo mongwe.

Lerato: *(O a sega)* Heheee! Nna ga ke setseketseke, o ka se ntšhele phori mahlong ke lebeletše, aowa e sego nna!

Tumišo: *(O a biloga)* Bona, ga ke tlo hlwa ke itlhaloše go wena, ke lapile gohlwa ke ngangišana le wena. Ge o sa ntshepe gona o tla tshepa dinonyana, e bile ga

13

ke kwešiše go re goreng o gapeletša taba ye mola ke go boditše nnete.

Lerato: *(O hlaboša lentšu)* A go kaone go tshepa dinonyana go na le gore ke tshepe wena? Ke ra ke moo matšatši a o thaka o a naba e le ruri, ke re ga ke sa go tseba le gatee.

Tumišo: Wena o bontšhwa dilo, ke fetogile mo kae?

Lerato: Ga o sa na taba le nna go swana le mehleng, ke boledišwa ke go re kua morago o be o kgona go nteletša mogala o ntsošetša. Ke re mola ke sa re ke ja tša mosegare le gona ke no kwa ka trrr trrr! Mogala o tsena go thwe 'Rato la ka tša letšatši di sepela bjang'. Aowa, bošego gona phošo o be o sa e dire. Kganthe matšatši a hlaga e tšhungwa ke eng?

Tumišo: *(O a ikwatiša)* Wena mosadi homola. Nke o tlogele go ba le lehufa, dilo tšeo ga di re selo, ga di šupe gore ga ke sa go rata. Wena o tshwenywa ke go se ntshepe moo ga gago.

Lerato: *(O a galefa)* Gona ge ke sa homole o tla ntira eng? O ke molomo wa ka buti! Ke tlo bolela ka ona ka mokgwa wo ke nyakago ka gona! Nnete ya hlaba.

Tumišo: Heei! Ke re homola lefela tena. Go sego bjalo ke tla go iša ga geno, ke a bona o na le molongwana matšatši a.

Lerato: Nnete e a hlaba! Nna nka se no dula ka go bogela o itira seatlantepeng.

Tumišo: *(O tšea dinotlelo tša sefatanaga, o goga Lerato go fihla sefatanageng)*

Lerato: E le gore o dira eng, ntlogele wena seatlantepeng tena! O a nkgobatša, o a nkgobatša seota ke wena. *(O a tswinya)*

Tumišo: *(O bula lebati a mo lahlela ka gare a tswalela)* Ga ke tlo opišwa ke wena hlogo nna.

Lerato: Bootswa ke bjona bo go opišago hlogo e se go nna! Gomme nnete ke sa tlile go e bolela gofihlela hlogo e pharoga ka bogare ge go kgonega!

Tumišo: Ke go iša ga geno! Ke tloga ke lapile ka wena segaswi tena.

Lerato: Gona bjale letsogo la ka le bohloko mo e ke go le thokgegile, ke mediro ya gago ye ka moka! *(O bolela a tsuputše melomo, Tumišo a tlogiša sefatanaga)*

Seširo

Temana 4

(Go sele, le 'tšatšana le fiša le le ka marung e sa le ka diphokana, ge seširo se bulega re bona Lethabo mo mmileng a eya sekolong)

Lethabo: *(O bolela a nnoši)* Mhm! Ke tšhetše mma phori mahlong, heyi! Bjale ke a ipotšiša gore ge taba ya ka le Tumišo e ka tšwelela nyanyeng go tlo direga eng. Ke ra go ba lebelela ka mohlong gona go tlile go ba bonolo? Ke swanetše go botša Morongwa ka taba ye pele mma a ka mo hlaba ka dipotšišo. *(O rile a sa ithatharatha a kwa Morongwa a mo goeletša kua morago, ke ge a ema)*

Morongwa: *(Ka mafolofolo)* Dumela mogwera.

Lethabo: Eh mosadi, dumela.

Morongwa: Go bjang mosadi?

Lethabo: Aowa, šebešebe. Nkabe o kwele ka sello kgale, a fa o sa ipshina? *(O mo lebelela ka mahlong)*

Morongwa: Ga lekgolo gomme.

Lethabo: Eyayee! Gona ga re leboge Ramasedi.

Morongwa: Hei moo gona o tloga o opile kgomo lenaka.

(Go latela setu se se telele, Morongwa e bile o bona Lethabo a se mahlong)

Morongwa: Mogwera, goreng o no re tuu! Mo e ke go o loga magogwa, o lewa ke eng?

Lethabo: *(O a imakatša)* Nna? Aowa, ga go se se ntshwentšego le gatee, ke sa le Lethabo yola wa khutšo le lethabo yo o mo tsebago.

Morongwa: *(O a ema, o bolela le ka matsogo)* Aowa 'tolo la ka, gape nna le wena re na le mengwaga re le monwana le lenala. Bjale, ke kgona go go topa nta thekeng ka bjako ge go na le seo se go kgabukanyago moyeng.

Lethabo: Afaeya matshwenyego a ka a tloga a eba nyanyeng ka tsela yeo?

Morongwa: *(O bonala a nyamile)* Ee. Bjale, fegolla se borala ke theeditše.

Lethabo: *(O lebelela fase a lewa ke dihlong)* Hei... Mogwera, ke.. Ke.. Ay a re e tlogele re lebe sekolo...

Morongwa: *(O mo tsena ganong)* Aowa, kganthe o a lwala?

Lethabo: Gomme ke tloga ke le motho wa moriri le bophelo. Mokgwa ke no ba ke tshwenya ke taba ya go re maabane ke tšhetše bomma phori

17

mahlong.

Morongwa: *(O phumula dieta tša gagwe marole)* O direla eng taba ya mohuta woo? Le gona e le mabapi le eng?

Lethabo: Maabane ba ile ba nthoma lebenkeleng. *(O thoma go gata a gatoga)* Aowa, ke rile go fihla fao ka hwetša Tumišo. O ile a nkgopela gore ke dule sebakanyana le yena. Ke nna yola ke re ke a sepela ke a sepela, ditaba tšela tša thetheokgela le dihlaa melebe o a nkwa! *(O a myemyela)* Ke re ke ile ka ba ka lebala le gore ke romilwe.

Morongwa: *(O tomola mahlo)* Mogwera, etla natšo. Le be le iketlile ka eng se se kaaka?

Lethabo: Yeo re tla e bolela ka morago, gona bjale ke nyaka go go botša gore ke fihlile gae gwa hlaga dife.

Morongwa: *(O theetša ka hlonamo)* Ke theeditše mosadi.

Lethabo: Tseba go fihleng ga ka ka lapeng ke hweditše bomma ba tletše ntlo. Gabotse a ke re ge o tseba semana ke ra yona nto ya go loma .

Morongwa: Joo! Bjalo ke ra mokopa o ile wa o gama wa tlatša kgamelo?

Lethabo: *(O a sega)* Heheee! Ba rile ge ba ntshekiša gore g goreng ke tšeere sebaka go bowa, ka ba botša go re wena o nteleditše mogala wa re ke tle ke go thuše ka dipalo ka ge lehono re ile go ngwala molekwana wa tšona. Bjale, ke na le kgonono ya gore mma o a mpelaela.

Morongwa: Jonna! Nnete kalatšane ga e lape. Bjalo ka mokgwa wo wa nama o phonyogile?

Lethabo: *(O buša moya o mo telele)* Hei... Go bjalo.

Morongwa: Bjale legano leo la tau le šaletše nna ka lebaka la gore bommago ba ka no mpotšiša go re ke go letšeditše mogala ka nnete naa.

Lethabo: *(O tshwenyegile)* Hei go bjalo. Ke ka fao ke go botšago e sa le nako pele a etla go wena, ke kgopela go re o no mmotša gore ke be ke na le wena, ge a ka go botšiša.

Morongwa: Gona go lokile mogwera. Efela ga ke rate ge o fela o mpea ka fase ga seemo sa mohuta wo, mokgwa ka moso ge ditaba difetoga ke tlo šala ke le yo mobe. Ga ke rate le gatee.

Lethabo: *(O a mo rapeletša)* Ke a tseba mogwera, efela ge nkabe ke na le kgetho ye nngwe ke be nka se go tshwenye hle, ke kgopela o nthuše ke itshepile wena.

Morongwa: Hei mogwera ga ke kgone go bolela maaka, kudu go batho ba bagolo. Efela ke tla go thuša ka ge o le mogwera wa ka.

19

Lethabo: *(O bolela a myemyela)* O a tseba o tloga o le mogwera wa mmakgonthe wa kgodu ya lerotse. Ke a leboga. *(Ba fihlile sekolong)*

Morongwa: Gape go se go ye kae re tlile go ngwala, o lokile ka dilo ka moka?

Lethabo: Ee, wena o lokile?

Morongwa: Le nna mogwera, o ngwale gabotse.

Lethabo: Ke a leboga letolo la ka, le wena o ntšhe ka ga tšhwene.

Seširo

Temana 5

(Ke mosegare wa sekgalela, ge seširo se bulega re bona Morongwa le Lethabo ba etšwa ka kgoro ya sekolo ba lebile gae)

Lethabo: *(O bolela a myemyela)* Mogwera, o ngwadile bjang?

Morongwa: Ke ithagaragile mosadi, akere le wena o a tseba go re dipalo mo gonna ke meetse a ma nyane. Wena o ngwadile bjang?

Lethabo: Ke go tseba gabotsebotse, le nna ke ingapetše gomme. Ke letile dihlora fela.

Morongwa: Ke go tseba gabotse gore ke wena matwetwe *(O mo phaphatha legetla),* bjale mpotše mo, wena le Tumišo le be le bolela ka eng se se kaaka se se dirilego go re o be o feletše o lebala gore kua gae ba go romile?

Lethabo: *(O bolela a sega)* Hahahaa! Hei mogwera o rata ditaba.

Morongwa: *(O bolela le ka matsogo)* Owe. Ke gana nnang ya banyana. O se nkonketše ditaba wa boa wa tlo mpotša tšeo. Ahu! Le gona o ile wa mmona kae mosadi wa go se rate ditaba? Bjale ge, tia di lle.

Lethabo: *(O a myemyela)* Re be re no bolela ka tša ditlalemeso.

21

Morongwa: Eyaye? *(O itshwara molomo)* Ge di dira bjang?

Lethabo: Ke rile go fihla lebenkeleng ka mmotšiša gore o bjang? A re o gabotse, ke moka le yena a mpotšiša gore le nna ke bjang? Ka re ke gabotse.

Morongwa: Bathong! Mehlolo ga e fele. Aowa mogwera, le boletše gona ka mokgwa we gofihlela 'tšatši le dikela? *(Ba a sega)*

Lethabo: Aowa mogwera , a ke re o sa gopola gore ke be ke bitša Tumišo Ralebenkele?

Morongwa: Ee ke sa gopola gabotse.

Lethabo: Bjale maabane ke rile ge ke mmitša ka mokgwa wo, a nama a nkgopela go re ke mmitše Tumišo.

Morongwa: *(O kgotsa a fedile ka disego)* Heheheeee! Betha mo mosadi, na o reng wena!

Lethabo: Ke re ga se gwa felela fao, o ile a tšwela pele ka go mpotša go re a ka thaba kudu ge a ka bona nna le yena re tšofala mmogo ka le lengwe la matšatši.

Morongwa: *(O kgahlegile le go feta)* Hehehee.. Mogwera!

Ditaba tše di tloga di natefa le go feta. Bjale o kgaogane le lekgarebe le la e be a ratana le lona?

Lethabo: (*O tlabegile*) Lekgarebe? Wa ka o bolela ka eng bjale?

Morongwa: Nna le molomo wa ka o mogolo.

Lethabo: Mogwera ke kgopela go re o mpotše seo o se tsebago.

Morongwa: Aowa mogwera, nna ga ke nyake go itira tsebanyane. A ke nyake go ba twešane. Wena emela Tumišo gore e be yena a ka go botšago ka taba ye.

Lethabo: Mogwera wena ke a go tshepa e bile ke a tseba go re o tlo mpotša nnete, bjale ge tia di lle.

Morongwa: E re ke go botše ge, go na le lekgarebe leo go thwego ke Lerato, ke yena yoo a segišanago le Tumišo. Gabotse ke gomile go sa le bjalo, a ke tsebe ka se sebaka.

Lethabo: Eyayee! (*O nyamile*) Le botse lekgarebe la gona?

Morongwa: Ke sebabola ee, efela a ga go phale. Mokgwa o thakgwa ke moaparo, o apara tša boleng bja godimodimo. Go thwe o hlohlora Tumišo

23

mašeleng latolato.

Lethabo: *(O bolela ka lentšu la go nyamuga)* Ke a go kwa mogwera.

Morongwa: *(O moleka tumelo)* Ga re sepele re ye lebenkeleng la Tumišo re ye go tšea dinwamaphodi tša mahala.

Lethabo: *(O bolela a sega)* Hahaa.. Aowa mogwera gape ga se ka motlwaela, le gona ga se ka mo fetola ge a nkgopela gore ke be lekgarebe la gagwe.

Morongwa: Gona ga re sepele o mmotša gore o a mo rata. Ka gore go ya le ka mokgwa wo ke go bonego o myemyela ka gona mesong, o ile wa ntaetša gore ka nnete o a hwa o a ikepela ka yena.

Lethabo: Go mo rata gona ke a mo rata, efela aowa mosadi, ga re sepele re ye gae re tlogele dilo tša bošilo.

Morongwa: Mogwera bona koloi ya Tumišo ka morago. *(Ba a gadima e bile ba e bona e ema kgauswi le bona)*

Tumišo: Dumelang makgarebe. *(O a dumediša, e bile o hlobola dipaketsana)*

Bobedi: Dumela le wena Tumišo.

Tumišo: Eh... Lethabo, ke kgopela go bolela le wena.

Lethabo: O ka no bolela se o nyakago go se bolela mo pele ga Morongwa re lebelong. *(O nyamišitšwe ke taba yeo Morongwa a mmoditšego yona)*

Tumišo: Gona ge go le bjalo e re ke le nametšeng gore le tle le kgone go fihla ka pela.

Bobedi: Re a leboga. *(Ba a namela morago ga moo Tumišo a roropiša sefatanaga)*

Seširo

KAROLO YA 2
Temana 1

(E sa le mosegare, ge seširo se bulega re bona Lerato a dutše le mmagwe ka phapošing ya bodulo ba lebeletše thelebišene)

Mosebjadi: *(Ka maseme)* Ngwanaka, bothata ke eng?

Lerato: *(O a ikgakantšha)* Na le bona eng mma, ke ra mola ke le motho wa pelo e tswetswe!

Mosebjadi: Ke boledišwa ke gore maabane bošego ke go kwele o lla ka phapošing ya gago ya marobalo.

Lerato: Eyayee! Sello? Aowa mogongwe le forilwe ke ditsebe, a ke re motho le go fowa wa fowa, ke tlhago yeo. Goba mogongwe le kwele lekgarebe le lengwe mo seyalemoyeng ka gore maabane ba be ba letša megala motšhaotšhele e le dillo lenanegong tsoko la tša marato. *(O tšhela senwamaphodi, o a nwa)*

Mosebjadi: *(Ba a sega)* Hehe... Na o reng lekgarebe la Mosebjadi. Owe! Ke a tseba gore ge mahlwana a tšhaba-tšhaba a bjalo, ke gona o ntlhanotše magano. Yeeey! Etšwa ka nngalaba yeo.

26

Lerato: *(Ke ge a tshekile megokgo ka morago ga sebakanyana)* Nnete nka se e buele mangopeng ntle le ditšhitišwa. Mma ke le botša gore...

Mosebjadi: *(Ba mo tsena ganong)* Ngwanaka o se ke wa lebala go re a gona motho yo a go tsebago go feta nna. Ke a tshwenyega, nke o no fegolla se borala.

Lerato: *(O thoma go se kgitla)* Mhmm, hiiiii....

Mosebjadi: *(Ba a mo homotša)* Ke tsebile gore go na le seo o mphihlelago sona, bjale ge, phula sekaku boladu botšwe.

Lerato: *(O sa tšwela pele ka go se kgitla)* K... Ke Tumišo mma.

Mosebjadi: Tumišo o dirile eng bjale?

Lerato: Tumišo matšatši a o a nkgaka e le ruri. Ke tlou o ja mere ye yohle, ga a fetwe ke roko, gomme seo ga se nthabiše le gatee.

Mosebjadi: O mmone a dira eng ge o re ke seatlantepeng?

Lerato: Go na le batho bao ke ba kgopetšego go re ba mpeyele leihlo kua lebenkeleng, bjale, maloba ba nteleditše mogala ba mpotša go re Tumišo o be a nal e lekgarebe tsoko ka lebenkeleng gomme ba sa ntšhe sa inong, ba itatswa le menwana.

27

Mosebjadi: *(O tshwenyegile)* Ngwanaka, gape seo o swanetšego go se tseba le go se amogela ke gore Tumišo ke motho wa go šoma ka batho 'tšatši ka 'tšatši. Ee! Ke motho le kgwebo, bjale ke botho gore a sege le mang le mang.

Lerato: La tseba ge nkabe le mmone go re maabane o be a nkgadimola bjang, joo! Le be le ka se rate le gatee. *(O nyamile)*

Mosebjadi: O a tseba lena baswa ba lehono le nagana gore go bo bebe go ba le monna kganthe ga go bjalo. Ke ra ge Baswana ba re: Monna ke tšhwene o ja ka matsogo a mabedi o nagana gore ba ra goreng?

Lerato: *(O ba lebelela ka mahlong)* Aowa mma, tšeo ke dilo tša kgale, nna nka se dumele go abelana monna wa ka le selwana sa mantsara, ke gana nnang.

Mosebjadi: Aowa ngwanaka, ga ke dumelelane le wena ge o re seema se ke dilo tša kgale ka lebaka la gore le ge o ka bala puku ya Mmoledi ka mo mangwalong a makgethwa, o tla bona gore ga gona phapano magareng ga batho ba kgale le batho ba lehono.

Lerato: Aowi. Bjalo ka mantšu a mangwe le nyaka go mpotša gore ga ka tshwanela go befelwa ge Tumišo a ipha ntepa ye yohle? Ke ra ka gore

28

Baswana ba realo?

Mosebjadi: *(O gatelela taba)* Ee ngwanaka, mokgwa monna o ka se mo kgone ga a kgotsofale. Ke ka fao ba fela ba re bona ga ba hlabiwe ka lerumo le tee. Sa gago ke go mmontšha tlhompho, kgang ke ge a sa dire tšeo mo pele ga gago, a sepela a boya leboga ke sona selepe se a adimanwa.

Lerato: Eng? Aowa! *(O šikinya hlogo)* Ke leboge go re o dira bootswa? Ke dumele ge a ipha naga?

Mosebjadi: Ee, ka ge ke boletše go re ga go bonolo go aga lapa, wa bona le rena botatago lena ba re bontšhitše gore go šeba ke go hlaološa. Kere re be re ija di sa wele, go šetše ge re ikgoka.

Lerato: *(O mo anya leleme)* La nyaka go ipolaya? Etse go hlagile eng se se kaaka?

Mosebjadi: Ke re ke ile ka kwa bohloko, lerato le lehufa tša re ikgoke o name o ikhutše mamapo le matshwenyego a lefase.

Lerato: *(O botšiša a sega)* Hehee! Namile la itshola? Ke ra ke moo le lehono makako le sa a ja.

Mosebjadi: Aowa, ka mahlatse tatago a re palakata! A nama a ripa thatswana yela, joo! Ke re le go botšiša gore ke ipolayela eng a se a ka a itshwenya le ka go mpotšiša. Ka nama ka tshwela mare seatleng ka re 'O mpone o mpolaye ke leka go ipolayela monna yoo a se na go le taba le nna'. Akere ge ke ile Baimong, o tlile go šala a ipshina le ba bangwe basadi.

Lerato: Aowa, ke kwele.

Mosebjadi: Ke re bona le ge monna a ka go hlala, o no ithintha matsetse wa tšwela pele ka bophelo.

Lerato: (*O a sega*) Hehehee! Le re matsetse eyayee?

Mosebjadi: Ee, akere o tla be o kwele bohloko! O swanetše o no kgatla pelo ka leswika o tšwele pele ka bophelo.

Lerato: Hei, efela ge e le nna ga ke ipone ke kgaogana le Tumišo.

Mosebjadi: Nna ke rata go go bona o le lethabong ngwanaka. Efela ge o sa nyake go kgaogana le Tumišo, o swanetše gore o amogele gore Tumišo ke selepe.

Lerato: (*O buša moya o mo telele*) Mhm! Ke a go kwa Mosebjadi, ke tla leka.

Mosebjadi: (*O bolela a myemyela*) Nka thaba kudu ge o ka dira bjalo ngwanaka, le tatago gore a feletše a nnyala

30

o bone ke kgotleletše meleko yeo a be go a mphara ka yona.

Lerato: (*O itshwara lehlaa*) Mmmh! Le re meleko eye?

Mosebjadi: Joo! Ke re mathata maima, mokgwa banna ba a swana. Ke ka fao o ka se hwetšego yo mo kaone, bjale go bohlokwa gore ge o hweditše wa pelo le moya o no mo kgotlella gomme seo se tla tswala katlego.

Lerato: Aowa, ke leboga maele a le mphilego ona mma.

Mosebjadi: Lenna ke leboga go mpha tsebe ga gago, nnete mahlaku a maswa a ithekga ka a matala, mola a matala a ithekga ka a mafsa.

Seširo

31

Temana 2

(Letšatši le ya bodikela, ge seširo se bulega re bona Lethabo a tsena ka lebenkeleng la Tumišo)

Lethabo: *(O tsena a ikwatišitše)* Dumela.

Tumišo: *(O bolela a myemyela)* Dumela rato la ka, go bjang?

Lethabo: Aowa, nkabe o kwele.

Tumišo: Ke gore o no re mpho se se! Ge e le wa ka monna ko mmona pele letšatši le dikela ee?

Lethabo: *(O kgathotše)* Sa mathomo nna ga ke na monna, sa bobedi nna ke tlile mo go tlo reka e sego go tlo bona wena.

Tumišo: Ke a bona o befetšwe bjale. Ke be ke nagana gore mogongwe bommago ba be ba go ganetša gore o tle go mpona, kganthe o nkwatetše, molato?

Lethabo: *(Ka kgegeo)* Heheee! Mma ga a tsene felo fa.

Tumišo: Kganthe, bjalo ke sentše eng? Kae?

Lethabo: *(Ka mafotle)* O ka mpotšiša o ntše o tseba? Mxm.

Tumišo: Aowa rato, ke be nka se botšiše ge nkabe ke tseba.

Lethabo: Mhm! Ke gore Tumišo ge o ntebeletše o bona o ka re ke setlaela se o ka ralokelago mo go sona? Mmh?

Tumišo: *(O a ikgakantšha)* O bolela ka eng Lethabo? Gape o tloga o ntahlile e le ruri.

Lethabo: Gabotse, goreng o mpotša gore o a nthata mola o nale lekgarebe leo o ratanago le lona?

Tumišo: *(O tomola mahlo a thoma go tšhoga)* Mang? Nna? Kgarebe? O boditše ke mang tšona tšeo?

Lethabo: Ke kgopela gore o mphetole, o na le mosadi, ee goba aowa naa?

Tumišo: Aowa, ke ile ka ba le mosadi yoo ke be go ke ratana le yena, efela gona bjale ga re sa le mmogo.

Lethabo: Bjale goreng o se wa mpotša taba ye maloba?

Tumišo: Bathong! Rato, ke be ke tlo go botša. E bile go go botša ga ka go be go tlo dira phapano kae ka gore nna le yena ga re sa dula mmogo?

Lethabo: *(O bolela ka dihlongwana a myemyela)* Gona ge e le go re go bjalo ke kgopela gore o ntshwarele ka go fofa pele moropa o lla.

Tumišo: O se ke wa tshwenyega rato ke go tshwaretše kgale, tše ka moka ke polelo, ke a kwešiša. *(Ba sega, morago go tsena Lerato ka lebenkeleng)*

Lerato: Dumelang.

Bobedi: Dumela.

Lerato: Mmm! Mogatšaka, o a tseba a gona selo sa go nthabiša go swana le ka mokgwa wo o swarago bareki ba gago gabotse ka gona.

Tumišo: *(O a myemyela)* Ke thabela go kwa seo, Kganthe wena o be...

Lethabo: *(O mo tsena ganong a lebeletše Lerato)* Emang pele, gabotsebotse go direga eng fa? Tumišo ke mang yo?

Tumišo: *(O tšhogile, e bile o inamiša sefahlego)* Eh Lethabo, yo ke Lerato, ke lekgarebe leo ke ratanago le lona.

Lethabo: *(Ka pelo e bohloko le manyami)* Mhm! Ke be ke sa tsebe, efela ke thabela go o tseba Lerato. *(O fa Tumišo tšhelete)* Ke kgopela go re o mphe marotho a mabedi. *(Tumišo rile go mo fa marotho*

34

a nama a sepela)

Lerato: Rato, goreng o ka re kgarebe yela e kwele bohloko ge o mmotša gore ke motho wa gago?

Tumišo: *(O itira o ka re ga se a lemoga selo)* Eya? Nna 'ena ga se ka bona selo, mogongwe o re jela mona.

Lerato: *(Ka maseme)* Aretse, mogongwe, nna e bile ke be ke nagana gore ke motlabo wa gago.

Tumišo: Ga go bjalo mogatšaka, nna ke wa gago fela. Ga bjale ga re lokiše ditaba tša rena re kgaogane le wa boraro, ke ra tweša.

Lerato: *(O bolela a lebile moraleng)* Moo gona o opile kgomo lenaka rato, e re ke yo dira foofoo gore re tle re ruthetše megolo, ka lebaka la gore go šetše go thoma go tonya.

Tumišo: Dira bjalo rato. *(O šala a bolela a nnoši)* Kgaripe'antswetše! E le go re ke mohlolo wa mohuta ofe wo o fetšago go direga? Ke tloga ke di bone tša lefase, efela taba ye e fetšago go direga ga se ke ka gahlana le yona. Sa go ntlabatlabiša dibete le go feta ke gore Lethabo ke yena a kwelego bohloko mo ditabeng tše ka moka, ke ra yona kgarebe yeo ke e ratago ka pelo le moya. Tumišo o dirile eng? *(Arealo a* *rwala diatla hlogong a laetša go ipona phošo)*

Seširo

Temana 3

(Letšatši le diketše, ge seširo se bulega re bona Lethabo a fihlile
ka gabo)

Lethabo: *(O bolela a e fa mmagwe dilo tšeo ba mo romilego tšona)* Mma, marotho a lena kea.

Hunadi: Ke leboga go romega ga gago ngwanaka. Bjale mpotše mo, sesi wa gago o go kae?

Lethabo: O tloša diaparo kua legoreng.

Hunadi: Woe, *(O a edimola)* feta o ye go bea marotho a ka kua moraleng, morago ga moo o mmotše go re ke re a dire ka pela a tle a re direle foofoo pele mohlagase o tšhaba.

Lethabo: *(O bolela a lebile ka moraleng)* Ke tla dira bjalo.

Mapula: *(O ka ntle o iketlile o tloša diaparo legoreng, o opela tša sekriste)* Modimo a le teng, hayo mathata, hayo...

Lethabo: *(O mo tsena ganong)* Bjalo goreng rena ba bangwe re eba le mathata mola Modimo a le gona? *(O bolela ka pelohlomogi)*

Mapula: Hao, ngwanešo, kganthe bothata ke eng bjale?

Lethabo: Joo! Joo! *(O a lla)* Kganthe nna ke tla thakgala neng? Goreng ke kopana le mathata a mohuta wo?

Mapula: Aowa, Lethabo bjale gona o thoma go ntšhoša, bothata ke eng?

Lethabo: *(O iphumula megokgo)* Sesi, le... Lesogana le ke le ratago ka pelo le moya le nthobile pelo. *(O sa tšwela pele ka go se kgitla)*

Mapula: Mmaweee! Se lle ngwanešo. Etse ke mang yena yoo? Gape nna ke tseba o se na lesogana.

Lethabo: K... Ke Tumišo. *(O tlalelane e bile o palelwa ke go bolela gabotse)*

Mapula: Tumišo yo mofe bjale?

Lethabo: Wa lebenkele.

Mapula: Ijoh! Ke be ke sa tsebe gore o kwana le yena, gabotse o go dirile eng?

Lethabo: *(O theoša moya, o bolela ka boiketlo)* O nkgopetše go re ke be lekgarebe la gagwe. Ke ile ka mmeya molatša, ka re ke tla nagana ka yona. Bjalo lehono ke rile ge ke eya go mmotša gore ke gopotše bjang, ke ge go tšwelela kgarebe tsoko a bitša Tumišo mogatša wa gagwe. Ke ge

38

ke botšiša Tumišo gore go direga eng, a mpotša gore ke kgarebe ya gagwe.

Mapula: Eng! Tumišo yoo o tlwaela batho e le ruri, o nagana go re ke selo mang yena a tlo raloka ka maikutlo a gago ka tsela ye!

Lethabo: (*O bolela a se kgitla*) Joo! Jooo... Ke nyakile ke wela ganong la tau ka nnete.

Mapula: Hei, ngwana mma ke bophelo, e no ba go leboga Modimo ge o se wa tšwela pele le yena. Nagana ge   nkabe o robale le yena, ge o re phaphara! O hwetše a go šile ka mpa. O be o tla reng? Efela o se tshwenyege, ke tla mo lokiša Tumišo.

Lethabo: (*O itshwara molomo le megokgo ya nama ya oma*) Aowa sesi mo lese ga ke nyake..

Mapula: (*O mo tsena ganong*) O se ke wa tshwenyega, Tumišo ke meetse a ma nnyane mo go nna, o tla ntseba gabotse.

Lethabo: Ngwana mma, ke leboga maitapišo a gago, efela ke kgopela gore ye yona taba re no e tlogela, motho yola o na le wa pelo ya gagwe, mokgwa o tshwenywa ke megabaru.

Mapula: Ge o realo gona go lokile, (*O theoša moya*)

39

mokgwa yola Tumišo ke kalatšane, mohlang e lapa ke lehu, Baswana ba realo.

Lethabo: Moo gona o opile kgomo lenaka, ga re mo fe Modimo ka gore a gona motho wa go kgona go lwela batho go swana le yena.

Mapula: *(O bolela a sega)* Heheee! ke tloga ke sa tshepe go re ke wena o ka bolelang bjalo ka Modimo, e se go ka morago ga dilo tšeo o di boletšego ka yena metsotso yeo e fetilego.

Lethabo: O ra pelo? Ke a tshepa go re Modimo wa ka o kwešiša go re dilo ka moka tšeo ke di boletšego, ke be ke di boledišwa ke go tlala pelo, gomme e bile ke a tshepa go re o ntebaletše.

Mapula: Aowa, ga re tshepe bjalo, e re nna ke feleletše go tloša diaparo tše, ke bošego.

Lethabo: Eh pele ke lebala, bo mma ba re ba kgopela go re ge o fetša o tle o re direle foofoo. Ga re apeye lehono, re lalela ka borotho.

Mapula: Go lokile mmotše gore ke a tla.

Lethabo: O se ke wa tshwenyega ke tla e dira, mokgwa ke be ke sa tsebe pele le morago pele ke etla go bolela le wena. Ke re ya mopedi e be e tletše kgamelo o a nkwa!

Mapula: *(O a mo sega)* Hahaaa... Baswana ba boletše ba re:

40

"Bana ba kgwale ba bitšana ka melodi." Bjale ge, sepela o yo dira foofoo pele pelo e tlala gape.

Lethabo: *(O a myemyela, e bile o a fulara o le ba ka ngwakong)* Sega wena, sega, ka moso e tlabe e le wena.

Seširo

Temana 4

(Ke mesong letšatši le le latelago, ge seširo se bulega re bona Mapula a tsena le Lethabo kua lebenkeleng)

Mapula: *(O tsena a ntšha muši ka dinko)* Wena, Tumišo! E le go re o nagana gore o selo mang?

Tumišo: Dumelang, le kae?

Mapula: Wena o nagana gore re ka ba re le bjang? Ke ra ka morago ga gore o kwešwe ngwanešo bohloko maabane? *(A bolela a tomoletše Tumišo mahlo mo e ke go o tla mo swara ka megolo)*

Lethabo: Aowa sesi, maswafo fase hle.

Mapula: Lethabo o se ke wa ba wa leka go mpotša go re maswafo fase, maswafo fase a eng! Mola maabane o tlile gae o se kgitla ka lebaka la motho yo, gona bjale ke nyaka go mmotša tsebe go kwa.

Tumišo: *(O bolela a lebega a lewa ke dihlong)* Eh, Lethabo, ke rata gore o tsebe go re ga ke ikgantšhe ka tšeo di hlagilego maabane. Ge nkabe go kgonega go re re bošeletše letšatši la maabane gore ke dire bokaone, ke be ke tla dira bjalo, gomme ka go realo ke re letsogo godimo ga le lengwe hle.

42

Mapula: Aowi! Bjale ka mantšu a mangwe o nagana gore tshwarelo yeo ya gago e tla phumula bohloko bjo o mo kwešitšego bjona?

Lethabo: *(O mo lebelela ka mahlong)* Tumišo, ke be ke go tshepa, gomme ke go botile. Kganthe ke go dirile eng se se kaaka sa go go hlohloletša go re o nkweše bohloko ka tsela ye?

Tumišo: Ga se o ntire selo moratiwa. Se ke se dirilego maabane e be e no ba go kwela Lerato bohloko.

Mapula: *(O a befelwa le go feta)* O mmitša moratiwa? A o a tseba gore o tloga o le moleko wa monna?

Lethabo: Se ke nyakang go se tseba ke gore, goreng o kwetše Lerato bohloko mola o rile ga o na kgarebe yeo o ratanago le yona? Gape go tloga go le molaleng gore o sa mo rata.

Mapula: Hei, Lethabo ga re sepele o tlogele motho yo.

Tumišo: Aowa, ga ke sa mo rata Lethabo. Ke mo kwetše bohloko ka lebaka la gore yena o sa nthata.

Lethabo: Ntire ke kwešiše, o be o sa nyake go mo kweša bohloko ka ge o be o sa tsebe gore ditaba tša rena di eme ka sebopego se fe?

Tumišo: Ee go bjalo rato la ka. *(O dumela ka hlogo)*

Mapula: *(O maketše)* Bathong! Wena Lethabo, e le gore ke eng sa go kwešišagala gona fa? Ditšiebadimo tšona tše? Gape ke ditlaela fela tšeo di ka kwešišago phori ya mohuta wo, efela aretse, ya boela pitšeng e ya swa kgarebe. Bula mahlo.

Lethabo: Bjale ka mantšu a mangwe o re nna ke setlaela?

Tumišo: Mmotšiše rato!

Mapula: A mpotšiša eng wena seatlantepeng ke wena? *(O mo šupa ka monwana)*

Lethabo: Tumišo o se ke wa ba wa leka wa mpitša moratiwa wa gago, ka lebaka la gore ga ke sa nyaka le go go bona.

Tumišo: Lethabo, *(O kgathotše)* ke kgopela o mpotše go re ga se o tiiše ka mantšu ao o mpotšago ona gona bjale.

Lethabo: Ka madimabe ke tiišitše, gomme ga ke sa nyaka selo sa go nkamantšha le wena.

Mapula: Moo gona wa tla wa mo laya ngwana mma, e bile ga re sa reka, ga re sepele. *(Ba a tšwa ka lebenkeleng Mapula a goga Lethabo ka letsogo)*

44

Tumišo: *(O goeletša Lethabo)* Lethabo! Lethabo!

Seširo

Temana 5

(Ke mosegare wa sekgalela, ge seširo se bulega re bona Lethabo le Morongwa ba ega meetse mo pomping ya mo mmileng)

Morongwa: Dumela mogwera.

Lethabo: *(O a myemyela)* Dumela mmasebotsana.

Morongwa: *(O a sega)* Hahahaa! O tsebe o ka thoma go nkgegea le wena, goreng fela?

Lethabo: Bothata ga bo gona mogwera, wena o bjang?

Morongwa: Aowa, e sa le tswee gomme *(O mo lebelela ka šedi,* bjale goreng mahlo a gago a le a makhubedu, e bile a bontšha a rurugile?

Lethabo: Hei mogwera matšatši a ke tshwenya ke mahlo , gore molato ke eng le nna ga ke tsebe.

Morongwa: *(O itshwara lehlaa)* Mhmm! Etse a go thomile neng mogwera, mola nna ke tseba wena o kgona le go bona seo se le go mo le kua kgakala? Afaeya o tloga o mpha tša ka gare ga seatla?

Lethabo: Eyi mogwera, go boima, ke kwa bohloko ba go rata motho.

Morongwa: Kgaripe'antswetše! Etla natšo kgarebe.

Lethabo: O be o rereša ge o be o re Tumišo o na le lekgarebe leo a ratanago le lona.

Morongwa: *(O lokela sekupu se sengwe mo pomping, a theetša ka tlhonamo)* O na le bohlatse bjo bo kaakang ka taba yeo?

Lethabo: Ekwa nna ge ke re bja go tlala seatla. Ke re maloba ke be ke ile lebenkeleng go mmotšiša gore goreng a se a mpotša gore o na le lekgarebe leo a ratanago le lona na, a mpotša go re yena a gona lekgarebe leo a ratanago le lona. *Guess* go re goa hlaga dife, ke rile ke sa tšere le yena dikgang, ya noba palakata! Kgarebe ya tsena mogwera. Mohlolo! Ke ge a bitša Tumišo 'mogatšaka'. Ke ge se ntlala tsi! Ka nama ka botšiša Tumišo go re gabotse go direga eng, hee! Motho ke ge a tatologa a mpotša gore ke lekgarebe la gagwe, gomme a era Lerato.

Morongwa: Mmaloo! Tumišo o hlakana bjaša lena?

Lethabo: Mxm! O ntenne kudu, ke go re o be a rata go nkopanya le Lerato. O a tseba re bona mehlolo, o ra gore ke gona ge ba re banna ba a

47

pataganya? Mogwera ga ke nyake go bolela maaka, ke kwele bohloko kudu, ka ba ka lla! Le megokgo ya ba ya psha.

Morongwa: *(Ka kwelobohloko a mo swara legetla)* Se tshwenyege mogwera, nnete hlaphi ge meetse a pšhele nnete e holofela leraga. Bjale le wena etša yona o se iše pelo mafiša, banna ke ba bantšhi ka mo ntle o sa tlile go hwetša yo a tlilego go re wena wee.

Lethabo: Mhm, moo gona o opile kgomo lenaka, o a tseba ge e le moisa yola ga ke sa nyaka go kwa selo go tšwa go yena.

Lerato: Dumelang batho ba goba le lehufa. *(Arealo a tšwelela ka morago ga bona)*

Bobedi: *(Ba gadima ba bona e le Lerato)*

Morongwa: Eng? Lehufa? *(O tsogelwa ke maatla)*

Lerato: Ga ke tsebe ka wena, ke ra selo se sa gago o se bitšago mogwera. *(O bolela a sentše sefahlego)*

Lethabo: *(O thoma go tlalelana)* Hei, Lerato goba selo mang ke kgopela gore o kgethe mantšu ge o bolela le nna o a kwa?

Lerato: *(O mo šupa ka tšhupabaloi)* Go se go bjalo o tla

48

dira eng?

Lethabo: Go se go bjalo ke tla go bontšha moo diphala di nwago meetse kgarebe! *(O bolela a batamela Lerato)*

Morongwa: *(O ba tsena ka bogare)* Lerato, tseba mo o kgotla semana. Ga o tlo tšwelela kua o tšwelelago gona wa tla mo go tlo re rogaka ka

mokgwa

wo, aowa. Bjale, sepela o ye moo o tšwago, go se bjalo go tla senyega.

Lerato: *(O ntšha muši ka dinko)* E le gore wena o nagana gore o selo mang o tlo botša nna ditšiebadimo tšeo?

Morongwa: Bona, ke tau ya tswetše yeo o sa ratego go bona lehlakore le lengwe la yona, yeey! Ke tla go kgakgatholla gona bjale! *(O bolela a tomolela Lerato mahlo)* Wena o nagana gore o selo mang?

Lerato: Haaa! *(O mo sega sekwaebana)* Tseba nna ke mosadi yo mo botse yo a ratwago ke Tumišo, gomme kobaobane ye ya gago e tloge ka morago ga monna wa ka.

Lethabo: *(O bolela a sega)* Heheee, e le gore ga o je ke dihlong tša go bitša Tumišo monna wa gago?

49

Kganthe o go nyetše?

Morongwa: *(O a sega)* Hahaaa, bjale ka gore a še fa le gona o ipha magetla a gore yena ke kgarebe yeo e ratwago ke Tumišo, goreng a theoša seriti sa gagwe ka go tlo botša wena gore o tloge ka morago ga monna wa gagwe? A ke gona go itšhoga?

Lerato: Wena Morongwa, tlogela go hlwa o tsenatsena ditaba tšeo di sa go amego ka selo, go se go bjalo ke tla go pšhatla kgarebe.

Morongwa: *(O bolela a sega sekwaebana)* Hehee! O reng o sa leke? Gape ke nyaka gona go re pšhatle gore e tle re bone go re o tla kgona go e fetša yeo o tlabe o e thomile.

Lethabo: *(O bolela a ba tsena ka bogare)* Morongwa mogwera, ga re sepele pele re romela motho yo bookelong. *(Ba rwala meetse ba a tloga)*

Lerato: Sepelang! Wena Lethabo tseba gore ya ka le ya wena ga se e fele!

Seširo

50

KAROLO YA 3
Temana 1

(Ke mantšibua, ge seširo se bulega re bona Lerato le mmagwe ba lebeletše thelebišene)

Mosebjadi: *(O a myemyela)* Mhm, wa bona mantšibua a lehono gona, ge e le lenaneo la rena la mmamoratwa le ka se re fete.

Lerato: *(O a sega)* Hehee! Le ra *Skeem Saam,* lehono gona se na le maaka se ka se re phonyokge le gatee, re tloga re se emetše ka patla le jase.

Mosebjadi: *(O tšhela senwamaphodi)* Agaa, ga go nnete ya go feta yeo, letšatši la gago le be le le bjang?

Lerato: *(O a nyama)* Le be le le gabotse go fihlela ke hlakana le moitshwarahlephi yola ke le boditšego ka yena.

Mosebjadi: Ayi, tšeo tšona ga se ditaba tše di botse. Bjale o boletše le yena?

Lerato: Ee, ke mmoditše tsebe go kwa gore a kgaogana le monna wa ka.

Mosebjadi: *(O bontšha a imologile)* Agaa! Ke moo ke rata

51

modumo wa mantšu ao o a bolelago, o šomile sesadi ngwanaka ka lebaka la gore makgarebe a a swanetše go tseba go re Tumišo o re wena weee..!

Lerato: *(O bolela a myemyela)* Moo gona le tloga le opile kgomo lenaka, e re ke mo letšetše ke name ke mmotše gore a tle a nketele. Ke ra ka moraga ga lenaneo le la rena la mmamoratwa. *(O topa sellathekeng)* Gape ke tloga ke mo gopotše e le ruri.

Mosebjadi: Joo, batho ba maratong eye! Gona dira bjalo pele ba thaka tša pele ba mo letšetša.

Lerato: *(O a emelela o leba phapošing ya gagwe ya borobalo e bile o a letša)* Eish, swara! Swara! Aowi! Hello, mogatšaka o gona?

Tumišo: Mogatšaka! Ee, ke gona moratiwa.

Lerato: *(O thoma go myemyela)* Mhm, ke rata ka mokgwa wo o mpitšago ka gona, o hlwele bjang rato?

Tumišo: Aowa, ke thabela go kwa go re ke kgona go
go

tsikiditla ditsebe le maikutlo. Ke hlwele gabotse, wena o hlwele bjang?

Lerato: Le nna ke hlwele gabotse moratiwa, *(O kanama*

mpeteng) kekwa ke go gopotše kudu rato. Ke kgopela gore o tle o nketele ka iri ya seswai.

Tumišo: *(Ka mafolofolo)* Gona go lokile ke tla be ke le fao ka iri ya seswai.

Lerato: *(O bolela a myemyela)* O tla nteletša ge o fihlile.

Tumišo: Ke tla dira bjalo moratiwa.

Lerato: Go lokile, gabotse.

Tumišo: *Goodbye. (O bea mogala fase e bile a bolela a nnoši)* Efela ke tlo bona ke dirile bjang gona fa? Gape ke re motho šo o mpakela phišo, jerr! Okare ke goleditšwe mollo wa malahla. Go bolela nnete nna ke ithatela Lethabo *(O bolela a lebelela senepe sa Lethabo mo sellathekeng sa gagwe). (O itshwara lehlaa)* Gabotse go tloga gona bjale ke swanetše go hlokomela nako, ka gore ga ke nyake go re ge ke fihla kua gobane iri ya seswai e a putlaganya e lebantše go ya senyane ka lebaka la gore ga ke nyake go jewa ka meno.

Seširo

Temana 2

(Go sele, ge seširo se bulega re bona Lerato le Pheladi ba le mo pomping ya mo mmileng ba ega meetse)

Pheladi: *(O lebelela Lerato ka hlonamo)* Mogwera, goreng o bonala o ka re o na le matšatši o sa iše marapo gobeng, go senyegile ge go etla kae?

Lerato: Bothata ga bo gona mogwera.

Pheladi: Bjale, goreng o lebelega okare o tsodiyo?

Lerato: *(O a myemyela)* Hei, mogwera e re ke no phula sekaku boladu bo tšwe ka gore ke a tseba taba ye o ka se e tlogele go fihlela ke etšwa ka nnete.

Pheladi: O ntseba gabotse, bjale ge tia di lle.

Lerato: Hei mogwera, *(O tšea letlapa o a dula)* go bolela nnete maabane bošego gona ga se ka kgona go bopata le gatee.

Pheladi: Bothata?

Lerato: Ke nagana gore Tumišo o ratana le Lethabo.

Pheladi: Lethabo? O ra yo mofe bjale? Le gona ke eng sa go o dira gore o nagane bjalo?

Lerato: *(O mo lebelela ka mahlong)* Ke ra mogwera wa Morongwa. Theetša, gape malobanyana mo batho ba ka ba ntsebišitše gore Lethabo o phela a le kua lebenkeleng. Gomme ke rile ge ke botšiša Tumišo ka taba ye, o ile a gana go tšwa ka nnete. Bjale, selo sa go ntlaba le go feta ke gore maloba mo ge ke tsena ka lebenkeleng, ke ba hweditše ba hwile ka disego. Ke rile go dumediša, Tumišo a thoma go kitimiša mahlo mo e ke go go na le seo se mo timeletšego. Ke re motho a tla a tshwarega o a nkwa! Go tloga fao ka thoma go ba le maseme.

Pheladi: Hmm, hmm! *(O a kgotsa)* Ke a mo tseba Lethabo, gwa nama gwa direga eng?

Lerato: Ke re botšiša! *(O bolela ka matsogo)* Ke ge ke ikwa o ka re ke tla tla ke thoma go hlakana bjaša, efela ka kgona go itshwara. Ke ile ka ipotša ka re ge e le Lethabo yena, ke nyaka go mo ruta go phela le batho. Ke ge ke thoma go bitša Tumišo ka maina a ma bose ke ra ona a baratani, bo mogatšaka..

Pheladi: *(O mo tsena ganong)* O nyaka go no kgaya mpša ye!

Lerato: *(O a sega, ba opa le magoswi)* Hahaaaa huwiii! Ke nyaka go kgaya mpša ye! A re ge a botšiša Tumišo gore go direga eng, Tumišo a mmotša go re ke lekgarebe la gagwe. O a tseba ke re ge nkabe o

55

mmone, ke ge a setla pelo, a lebega eke ke kgogo e netšwe ke pula. Ke ge a reka se a se rekago ka morago ga moo a nama a sepela.

Pheladi: (*O iphumola megokgo a sega*) Hahahaaaa! Na o reng mosadi? O a bonala go re o *Skeem* sa ka wena, ka gore ge o bona go befile ga o no phutha diatla wa ja mamina, o thoma le go e emela ya gago!

Lerato: Hei, mogwera bjale taba ye e ntlhoba boroko. Sa go ntšhoša kudu le go feta ke gore lekgarebe le la le ka no tšhelela Tumišo moratišo ya ba e le gona ke lobile lerato la pelo ya ka.

Pheladi: (*O itshwara matheka*) Hei mogwera moo gona o boletše tabataba, bjale o tlo bona o dirile bjang?

Lerato: Ke bona bokaone e le gore nna ke ye go nkadingala pele moitshwarahlephi yola a ješa monna wa ka. Gape nka se mo dumelele gore a ntšhe dijo ka ganong, aowa ke a gana!

Pheladi: Moo gona ke dumelana le wena. Bjale o ya neng ke go felegetše?

Lerato: O a tseba ke eng, go hlwa ke senya nako a go thuše ka selo. Re tla sepela ka morago ga go ga meetse, efela pele ke dira bjalo e re ke tsebiše Tumišo pele go re ke tlile go mo etela pele la lehono le dikela.

56

Philadi: Dira bjalo.

Lerato: A ke name ke letše. *(O ntšha sellathekeng ka morabeng o a mo letšetša)*

Tumišo: *(O rile go kwa sellathekeng sa gagwe se lla, a nama a se topa a se araba)* Dumela ngwetši ya ga Kgomo.

Lerato: Ee dumela le wena Morena Kgomo, le tsogile gabotse?

Tumišo: Aowa re tsogile gabotse, re ka botšiša lena?

Lerato: Aowa! Ge nkabe o kwele. Bona, ke be ke kgopela go tla go go bona lehono.

Tumišo: Aowa molato ga o gona, *(O ingwaya hlogo ka pene)* eh bjale o tla fihla ka nako mang rato?

Lerato: E re ke no re ge letšatši le eya bodikela ke tla be ke le fao. Mokgwa bja lehono boroko ga ke dume bja ka mono gae.

Tumišo: Go lokile, gona ke tla ba komanamadula a bapile.

Lerato: *(O a myemyela)* Gabotse, o se ke wa nkgopola kudu a ke re?

Tumišo: Ga ke go tshepiše efela ke tla leka, gabotse *(O bolela*

57

a kgaola mogala). Hei hei hei! *(O thoma go ferekana)*

Khutšo: Eh *(O maketše)*, thaka goreng bjale o thoma go tenega mola o be o ipshina ka tša mogala?

Tumišo: Hei thaka motho a šo ba re ke Lerato! O a tseba kgarebe ye e kgona go nteka tumelo e le ruri.

Khutšo: *(O dula fase)* Ahuu! Lerato o sentše ge a etla kae bjale?

Tumišo: Hei Lerato o mpotša gore yena o nyaka go bo pata mo ga ka bošegong bja lehono.

Khutšo: Heban! Bjale? Bothata bo kae gona fao?

Tumišo: Mokgotse o ka se kwešiše. *(O dula fase)*

Khutšo: Agaa, wena thoma ka go phula sekaku. Tša go re ke tla kwešiša goba nka se kwešiše re tla di bona ka morago.

Tumišo: Thaka go bolela nnete nna ga ke rate Lerato. Gomme selo sa go ntena le go feta, ke gore le yena o a bona gore ga ke sa kwana le tša gagwe efela o sa no kgahlwa ke ge a ntše a tšwela pele a ikgapeletša mo go nna.

Khutšo: Mma'antswetše! *(O swara molomo)* Bjale goreng o sa na le yena mola o re ga o mo rate?

58

Tumišo: Thaka a ke re le wena o a tseba gore Lerato o ile a no itahlela mo godimo ga ka ke se ka inagana, ge ke re phaphara! Šo motho šetše a ikemišeditše. Bjale go mo lesa ke bona e le sehlogo.

Khutšo: Hei, thaka moo gona o opile kgomo lenaka, ke sa gopola gabotsebotse. Efela nna se nka go eletšago ka sona ke gore o swanetše gore o ithabiše wena mong, pele o ka thabiša motho yo mongwe. Bjalo, ge e le gore kamano ye ya gago le Lerato ga e go thabiše le gatee, e no hlala warra.

Tumišo: *(O ntšha senwamaphodi ka setšidifatšing, o topa le digalase o a itšhelela ga mmogo le mogwera wa gagwe, ke moka ka morago ga moo ba kolobiša megolo)* Ke bone lekgarebe le lengwe leo go thwego ke Lethabo. *(O a myemyela)* Ke rile ge ke mmona ka ikwa gore mo motho o hweditše kgopo ya dikgopo tša gagwe.

Khutšo: Ke nyaka go go kwešiša gabotse, bušeletša thaka. *(O bolela ka mafolofolo a go tlala lethabo)*

Tumišo: *(O a sega)* Hehehee! Thaka o nkwele gabotse, ke re ke bone kgošigadi ya ka ya bokamoso. Ke ra yena mmago bana ba ka!

Khutšo: Agaa! Agaa! A ke go kwele gabotse? O re kgošigadi ya gago ya bokamoso? Ah ke a go lebogiša monna, ka gore le wena o swanetšwe ke go thaba le go ba maratong bjalo ka borena morwa'Mpša. Efela ke a tshwenyega, kgarebe yeo ke bona ba thaka tša pele ba go amogile yena, akere o gare o šalane morago le kgarebe yeo o sa e ratego.

Tumišo: *(O bolela ka matsogo)* Thaka, yola ga a ye felo. Ke a go kwa efela yola o re nna wee!

Khutšo: Ke a go kwa mmata, efela nna se nka go botšago sona ke gore o latele pelo ya gago, ka gore ga go thuše ka selo go thabiša motho yo mongwe mola wena o se wa thaba.

Tumišo: *(O tšhela senwamaphodi lekga la bobedi)* Moo gona o tloga o opile kgomo lenaka, e re ke tla naganišiša taba ye gabotse mogongwe mabjoko a aka a tla mpotša se se kaone.

Khutšo: *(O bolela a ema ka maoto)* Thaka, ke go bone. Efela pele ke tloga, ke kgopela gore o šale o nagana ka dikeletšo tša ka pele selemo e eba ngwagola.

Tumišo: *(O a mo ntšha, morago o bolela a nnoši)* Ke gore ke ikemišeditše go loba kgarebe yeo ke e ratago ka pelo le moya sebakeng sa kgarebe yeo ke sa e ratego?

Lerato: *(O rile ge a tsena a hwetša Tumišo a hloname okare o hwetšwe)* Hao, moratiwa goreng o hloname ka mokgwa wo?

Tumišo: Aowa rato, ga se selo. Ke be ke e ja marapo a hlogo fela. O se ke wa tshwenyega ka nna.

Lerato: Ke a go kwa, afa sa go iša maleng sona o ile wa se topa?

Tumišo: *(O mo lebelela ka mahlong)* Aowa, ke hlwele ke theogetše. E bile matebele a bina.

Lerato: O se ke wa tshwenyega ka gore ke gona bjale, e re ko go direla sengwe sa go ja gore o tle o kgone go ba le maatla.

Tumišo: Nka leboga kudu ge o ka dira bjalo hle ngwetši ya tate.

Lerato: E re ke dire bjalo. *(O bolela ka pelo e bile a lebile ka moraleng)* Go tloga lehono gona, o tlo re nna we! Ke re ga go sa na lekgarebe leo o tlo le bonago go re ke mosadi ka ntle le nna! Ke re le leano la yo la ba rego ke Lethabo la go nkamoga wena, le tlile go folotša! *(O a myemyela)*

Seširo

61

Temana 3

(Ke mosegare wa letšatši le le latelago, ge seširo se bulega re bona Lerato a na le Pheladi ba dutše mo leswikeng ka thoko ga tsela)

Pheladi: Mogwera taba ya go tšhelela motho wa gago ntwela ya maabane e tsamaile bjang?

Lerato: Yona e tsamaile gabotse ka lebaka la gore ke rile ge ke fihla kua ka hwetša e bile a tshwerwe ke tlala, ka nama ka di bereka dilo tša ka. *(O bolela a myemyela)*

Pheladi: Mmm! Betha mosadi! Tšeo e tloga e le ditaba tše di botse kudu, bjale diphetogo tšona o di bone?

Lerato: *(O thoma go nyama)* Go di bona gona ga se ka di bona. Efela ke di bone ka lehlakoreng la Lethabo, a ke nyake go go botša maaka mogwera, ge e le molotšana yola o tloga a feditše ka monna wa ka.

Pheladi: Kgaripe'antswetše! O dirile eng molotšana yola? (*Ka tlabego)*

Lerato: Motho a se go tla lebenkeleng a fihla a ikwetša fase a itira okare o thinyegile leoto, monna wa ka, ke ge a kitimela go yena a nyaka go mo kuka efela yena a gana go thušwa.

Pheladi: Mma'antswetše! *(O kgotsa a opa le magoswi)*

62

Lekgarebe lela le fofa ka leswielo ke a go botša.

Lerato: Moo gona ke dumelelana le wena, gape e be okare ke yena yo a tšheletšego Tumišo moratišo.

Pheladi: *(O buša moya ka gonnyane)* Mhm, bjale o tlo bona o dirile bjang mogwera ka lebaka la gore go molaleng gore molotšana yola o sa le gare o loga maano a go go amoga monna?

Lerato: Mhm mogwera, wa bona ge e le Tumišo, o re nna wee! E bile seo se ka se tsoge se fetogile. Ge e le moitshwarahlephi yo la yena, ge go ka kgonega ke nyaka go mo tloša 'tšatšing gore ke šale ke ratana le monna wa ka ka khutšo.

Pheladi: *(O tomola mahlo)* A ke go kwele gabotse? O re o nyaka go fapantšha Lethabo le maru?

Lerato: O nkwele gabotse, ke nyaka go mo tloša 'tšatšing. Ke lapišitšwe ke go emišwa ka leoto le tee ke emišwa ke moitshwarahlephi yola.

Pheladi: Moo gona ke dumelana le wena, ge e le tšhikatšhika le melapo yona, e bekwa ke dibatana.

Lerato: *(O a emelela, o ema ka maoto)* A ga ntsebe go re ke nna mang, nna ke Lerato gatee, gabedi moriting.

63

(O rile ge a ntše a bolela, a bona go tšwelela Lethabo le Morongwa) Aga! Baswana ba re: "Gopola tšhukudu o namele mohlare."

Pheladi: *(O rile ge a gadima go bona gore Lerato o bolela ka mang, a bona e le Lethabo)* Oh, o bolela ka moitshwarahlephi yo?

Lerato: *(O sentše sefahlego)* Ke nyaka go mmotša tša gagwe *(O bolela a lebile go bo Lethabo).* Dumelang dikobaobane ke lena.

Morongwa: Ga ke go kwe gabotse. O re goreng?

Lerato: Ee! O nkwele gabotse, le Baswana ba boletše ba re: Ya šika le yeo e garago, le yona e ya gara!

Lethabo: *(O maketše)* Bathong, kganthe re go senyeditše ge re etla kae motho wa Modimo?

Lerato: Ga o je ke kgala go mpotšiša potšišo ya mohuta wo?

Morongwa: Kganthe e swanetše gore e mo je?

Pheladi: E le gore wena Morongwa goreng o tsena ditaba tšeo di sa go amego ka selo? O moemedi wa Lethabo wena? *(O mo šupa ka monwana)*

Morongwa: *(O bolela a batamela Pheladi)* Bona, se sengwe le se sengwe se se amago Lethabo le nna se a nkama, bjale ga e be la mafelelo o mpotšiša potšišo yeo.

Pheladi: Gona ge e ka se be la mafelelo o tla dira eng? *(O bontšha a befetšwe)*

Morongwa: *(Ka lešata)* O nyaka ke go bontšhe gore ke tla dira eng?

Pheladi: O sa….

Lerato: *(O mo tsena ganong)* Lethabo ke lapišitšwe ke go o botša gore o kgaogane le monna wa ka, bjale ge ke rata go go eletša gore, o itlhokomele gohle mo o ya go gona.

Morongwa: Gona ge o re Tumišo ke monna wa gago, a o go ntšheditše dikgomo? Ke ra gona le ge e le gore o go nyetše, a ga o tsebe gore palamonwana ke ya monwana? Le go re setifikarata ke sa lebota? Monna ya ba wa rena ka moka?

Lerato: *(O itshwara matheka)* Mma'antswetše! Bjale ke a bona gore ke wena o tšhelago mogwera yo wa gago moya wa gore a tšeele batho banna. Ge e le gore ke kgale le tšama le tšeela basadi ba bangwe banna, nna ke tlile go le bontšha moo diphala di nwago meetse. Le wena Morongwa o

65

itlhokomele. *(O rile gorealo a nama a goga pheladi ka letsogo ba ikgata mehlala)*

Morongwa: Nna a ke go tšhaba sesi! Le wena o itlhokomele!

Lethabo: *(O sekile megokgo)* Hei mogwera, molotšana yo o ra goreng ge a realo?

Morongwa: Hei nka go botša maaka, efela ke nagana gore o be a nyaka go no re tšhošetša fela.

Lethabo: *(O tshwenyegile)* O a tseba re tlo hwela sopo nama re sa tšwa re e bona fa. A ke nagane gore e bile ka moso ke tla ya sekolong.

Morongwa: A o lebetše gore ka moso re ile go ngwala molekwana?

Lethabo: Aowi, ayi, ke tlatla. Nka se palelwe go yo ngwala ke paledišwa ke seota sela.

Morongwa: *(O a mo gokara)* O se ke wa tshwenyega wa ka, Lerato ke mpša ya go hloka meno.

Lethabo: Ke go kwele, efela ke nagana gore gona bjale re swanetše go goroga, gape ke kgale rele fa.

Morongwa: Ey, re tla bonana ka moso mesong. Ke tlo feta ke go tšea akere. *(O bolela a sepela)*

Lethabo: O dire bjalo wa ka. *(Le yena o bolela a sepela)*

Seširo

Temana 4

(Ke mosegare, ge seširo se bulega re bona Lethabo le Morongwa ba le mo mmileng ba etšwa sekolong)

Morongwa: *(O goga maoto)* O ngwadile bjang mogwera?

Lethabo: Go ngwala ke ngwadile, re tla no bona ka dipoelo. Wena o ngwadile bjang?

Morongwa: *(O bonala a nolegile moko)* Hei, ke ithagaragile wa ka, efela ke be ke tšhogile ka lebaka la ditšhošetšo tša molotšana yola.

Lethabo: *(O hwile ka di sego)* Hahahaaa! Kganthe ga se wena yo o be go o re ga o tšhabe Lerato maabane?

Morongwa: *(Le yena o bolela a sega)* Hahahaaa! Yowe! Ke nna mogwera, gape ge tšhwene e re ho! E be e tseba mawa a yona. Bjale, ge motho a go tšhošetša le wena o swanetše gore o mo tšhošetše, go se go bjalo o tla raloka ka wena.

Lethabo: Moo gona o opile kgomo lenaka. Eyi, ke re maabane bošego motho a se go nteletša mogala a ikuta a ba tlhokaina.

Morongwa: Tlhokaina! Namile wa bona o dirile bjang?

Lethabo: Ke rile ge ke mmotšiša gore o nyakang, a mpotša go re yena o kgopela tshwarelo, wa hwetša e le gore ke be ke se na maatla a go bolela le yena nna. Ke ile ka kgaola mogala ka bea sellathekeng kua kgole.

Morongwa: O be a kwagala e le motho wa mosadi goba wa monna?

Lethabo: O be a kwagala e le motho wa monna, ke nagana go re e be e le Tumišo.

Morongwa: Hei o dirile gabotse wa se bolele le yena ka gore e re mararankoding ao re lego go ona lehono ka lebaka la gagwe.

Lethabo: Hei, mogwera a go nnete ya go feta yeo, gona bjale maphelo a rena a kotsing.

Morongwa: Eyi, eyi *(O rile a sa bolela a bona masogana a mabedi a ba lebantše, ba apere dikhupaete ba iphihlile difahlego go ba tshwere mefaka)* mogwera a o bona se ke se bonago?

Lethabo: *(O rile ge a lebelela kua Morongwa a mo šupetšago, a re go bona a tšhoga)* Yoh! Ba bona ke batho ba Lerato, mogwera ga re tšhabele ka mo lapeng le. Monna wa ka mo ke lephodisa.

Bobedi: *(Lethabo o rile go fetša go bolela, ba nama ba tšhabela*

69

ka motseng wa lephodisa, banna ba le ba nama ba hlanola direthe mo eke go ba kitimišwa ke sefatanaga sa maphodisa)

Seširo

Temana 5

(E sa le mosegare ka morago ga gore boLethabo ba kitimišiwe, ge seširo se bulega re bona Lerato le Pheladi ba hwenahwena)

Lerato: *(O bolela a emaema)* Mogwera bjale gona ke tlo thoma go hlakana hlogo, goreng masogana a le a tšea sebaka go tliša dipoelo?

Pheladi: *(O mo kgoromeletša setulo ka leoto)* Mogwera, dula fase o iketle. Ke nagana go re ba sa le gare ba šogašogana le taelo ya gago. Gape go ka se be bonolo go bolaya batho ba babedi go ya le ka moo o goplago ka gona.

Lerato: Gona kaone go be bjalo, ka gore ge ba ka šitega go ba bolaya nna ke tlo bolaya bona ka matsogo a aka. *(O rile a sa bolela a bona banna ba le ba tšwelela ba tšhabeša)* Iyoh e bile batho ba ka šeba ba fihlile.

Pheladi: Agaa! *(A realo a emelela)* Ga re tshepe gore ba tla tla re tlela le dipoelo tše di botse, e bile a ke re ke tše re di letilego.

Bobedi: *(Ba apola dikefa)* Thobela *Mabozza-lady.*

Lerato: Etlang natšo, ga le tlo ema moo la ntumediša e ke ga se la mpona, e bile la ntomolela mahlo. Le kgonne go dira mošomo wo ke le laetšego go re le o dire?

Monna 1:   Re tlile mo go tlo tliša dipoelo.

Lerato: *(Ka lešata)* Le kgaale le tletše seo, ke le theeditše.

Monna 2:   Eh, *Mabozza,* leano la rena re be re le šogile ka tshwanelo, re apere dilo tša gago *daar, fede* re fihlile difahlego. E bile re tshwere mefaka ya rena gabotse. *Eish, Floppo* re paletšwe ke go dira mošomo rena ka lebaka la gore makgarebe a le a rile go re bona ba nama ba tšhabela ka *ledladleng* le lengwe la le *tyma* la lephodisa.

Lerato: *(O bolela a thoma go befelwa)* Eng? Le re ga se la bolaya balotšana ba le? La tseba ga le na mohola. Bjale ge tsebang gore ga gona le sente yeo le tlilego go e hwetša. Akere le paletšwe ke go dira mošomo wa lena, tlogang mo pele ke letšetša monna wa ka mogala go re a tle mo a tlo le bolaya! *(A realo ka lešata)*

Bobedi: *(Ba bolela ba hloiša mo e ke go ke dikgogo di netšwe ke pula)* Re re letsogo godimo ga le lengwe *Mabozza-lady. (Ba rile go kgopela tshwarelo ba nama ba ikgata mehlala)*

Lerato: *(O bolela a thoma ka go kgotsa)* Mmm! Mogwera,

72

Badimo ba makgarebe a le ba tloga ba le bogale kudu.

Pheladi: O sa re Badimo, makgarebe a le ke barapedi ba bagolo kudu. Ke re bona ba betha letemone ka mollo wa legodimo gore le be le boele moo le tšwago gona.

Lerato: (*O nyamile*) Mogwera, tšeo ka moka o di boledišwa ke gore ga o tsebe go re nkadingala wa ka go re o bogale bjang. Gona bjale ke ya go mo etela, nke a nthuše ke rathe mpša tšela ka tladi e sa le nako.

Pheladi: Mogwera ke a tseba gore a gona selo seo se ka go thakgatšago go swana le ge o ka bona makgarebe a le a le ka fase ga mobu. Efela ntshepe ge ke re go yela makgarebe a le kua ga nkadingala, ke go senya mašeleng fela.

Lerato: Ka ge ke go boditše go re tšeo ka moka o di boledišwa ke gore ga o tsebe motho yo ke bolelago ka yena, bjale, ga re sepele o tla mmona. (*O bolela a goga Pheladi ka letsogo*)

Pheladi: Gona ga re sepele.

Seširo

73

KAROLO YA 4
Temana 1

(Ke ka morago ga matšatši a mararo, e sa le mesong. Ge seširo se bulega re bona Lerato le Pheladi ba le mmileng ba eya sekolong)

Lerato: *(O bolela a thoma ka go buša moya ga boima)* Hhmm, mogwera go bonala eke o be o opile kgomo lenaka ka ka taba yela ya nkadingala.

Pheladi: *(O bolela a sega)* Eyayee! Hehee! A ke go kwele gabotse? Tša tla tša go rona tše eya! Ka gore ga nke o dumelana le nna le ka letšatši la mohlolo.

Lerato: Mogwera ke motho le nna, ka nako tše dingwe ke swanetše go bona ka leihlo le lengwe le farologilego.

Pheladi: Nnete tšhwene ga e ipone makopo. Efela ka nako tše dingwe gona e na le go ipona makopo.

Lerato: *(O a sega)* Hehehee! Ke gona ke go pšhatlile, ke tšhwene nna?

Pheladi: *(O a myemyela)* Sesego seo se tloga se nthakgatša e le ruri. Gape ke lekgolo la mengwaga bjale ke se sa bona o sega, mola nnete sesego e le lethabo mola lethabo e le sehlare sa pelo.

74

Lerato: Hei, gona ke kgale mogwera. Ke leboga wena ge o kgona go ntšha la ka mohlagareng, le ge e le gore ke be ke duma ge nkabe lethabo le ke le tlišetšwa ke monna wa ka.

Pheladi: Mogwera, monna ke lepai re a gogelana. Ge e le nna 'ena ke na le kholofelo ya gore dilo ka moka di tlo loka magareng ga lena, ga e senye e sa agela.

Lerato: Hei, nna ke duma ge nkabe ke na le kholofelo ya go swana le ya gago. *(O nyamile)* Ka mokgwa wo dilo di sa tshepišego ka gona, ga ke nyake go o botša maaka ke tloga ke ehwa matwa e le ruri.

Pheladi: *(O itshwara lehlaa)* Kganthe matwetwe yola o rileng go wena maloba?

Lerato: Ah, o no mpotša gore letšatši le le latelago le ka se se dikele ba sa buša moya, šeba bona le lehono le e sa le dijagobe. O nkaladitše kalatšane, tšhelete e ile.

Pheladi: Joo, mathata. Ke go boditše gore go yela ba le ngakeng go no swana le ge o phuthela phefo ka lepai. *(Ba bolela ba tsena ka sefero sekolong)*

Lerato: *(O inamiša sefahlego a bontšha boitsholo)* Eyi, gape yee, o tloga o mpoditše e bile o se nkgopotše ke tlo ba ka lla.

75

Pheladi: *(O bolela a mo swara lehlaa)* O se lle mogwera, gomme o se ke wa hwa matwa. Ba le ba babedi ba ka no ba ba phonyokgile ka lešobana la nalete lehono, efela ka moso go tlabe go keteka rena, re ba tantše bjalo ka dinonyane di tantšwe ke boletswa!

Lerato: *(O bontšha a imologile ka morago ga dikeletšo tša mogwera wa gagwe)* Mhm moo gona o tloga o boletše tabataba o a nkwa! Gape go hwa matwa go no swana le ge ke tla be ke efa molotšana yola sefoka sa go mo leboga go re o nkamogile monna wa ka!

Pheladi: Mhm, a go nnete ya go feta yeo.

Lerato: *(O a sega)* Heheeee.! O a tseba Baswana ba tloga ba opile kgomo lenaka ge ba re motho o swanetše a kgethe bagwera ba gagwe ka šedi, ke be ke tlile go ba kae ka ntle le wena mogwera?

Pheladi: Ga ke nyake go o tšhela phori mahlong, o be o tlo loba Tumišo.

Lerato: Hei a go nnete ya go feta yeo, ge e le balotšana ba le, mpho se se! *(O bolela a tshwela mare seatleng)* Ke nyaka go šogašogana le bona ka diatla tše tša ka. Ke lapile gohlwa ke senya mašeleng a ka ka go lefa bo 'Nna kea kgona' mola go se na le selo se tee se ba se kgonago.

76

Pheladi: Hei nkane ke rata mogopolo wa gago, o tla nama wa ikhutša batho ba go bolawa ke tlala.

Lerato: *(O a sega)* Hahaaaa! O re tlala eyayee?

Pheladi: *(O a myemyela)* Efela mogwera nna ke tla reng batho ba ikgoka ka mešomo yeo ba tsebago gabotse gore e tlo ba palela? *(Ba kwa tšhipi ya sekolo e lla)* Hei mogwera, nako yela ke yeo e fihlile, re tla tšwela pele ka go ahlaahla tše ge sekolo se tšwile.

Lerato: A gona ka mokgwa wo mongwe ke nako. *(O bolela ba lebile dithapelong)*

Seširo

77

Temana 2

(Ke masa a letšatši le le latelago, ge seširo se bulega re bona Mapula le Lethabo ba le ka phapošing ya Lethabo ya borobalo)

Mapula: *(O mo lebeletše ka mahlong)* O robetše bjang ngwanešo?

Lethabo: Ke robetše gabotse wešu, wena o robetše bjang?

Mapula: Joo, nna ke robetše bja leseana e bile. Mmmh, o a tseba dikuku tše ga di monate dire etla o bone, le sukišana ya tšona e kwagala gabotse. *(O bolela a eja)*

Lethabo: *(O tšwa ka dikobong o alola mpete, a itokišetša go ya sekolong)* Mhm ke tseba gabotse go re wena le dijo le bagwera ba bagolo, ke moo o di tsogeletše e sa le ka masa. A ke makale le mmele o go tlela ka tsela ye.

Mapula: Gabotse o re ke nna mpša yee! O re ke mabinagosolwa mokgwa wa gona. Nnete ke gore mmele ga o tlišwe ke dijo ka dinako tšohle, le pelo ye ge e lokologile e tšea karolo.

Lethabo: *(O hwile ka disego)* Hahaaa, nna o se nkatele mantšu ka ganong. Ke nnete pelo e tšhweu e a

78

nontšha, le phala rena ba go kokonelwa ke bohloko bja go rata batho bao ba se nago taba le rena.

Mapula: Joo! Ngwanešo, le rena re fetile gona fao. Wena o kaone, nna yena ke be ke otile ke etša tšie, ke re letlorontlope o a nkwa!

Lethabo: *(O bolela a sega)* Hihihiii hei, tše tša marato di tlo re uša fase ka pelo o tlo re ga se ka go botša.

Mapula: Hei ngwanešo re tloga re di bone e le ruri, gomme re sa tlile go di bona.

Lethabo: Hei moo gona o tloga o opile kgomo lenaka. Ge e le nna ke leboga ge Modimo a ntšhitše ka leganong la tau yela go thwego ke Tumišo.

Mapula: Nnete Modimo yo re mmotilego ke sebo se thatathata. *(Go kokota motho)*

Lethabo: A ke ye go bona gore ke mang yo a kokotago, mohlomongwe ke Morongwa.

Mapula: *(O mo šala morago)* Go lokile, nna namile ke tšwele ka ona mokgwa wo. Ga ke rate go latelwa mošomong, o hlwe gabotse.

79

Lethabo: Ke a leboga, le wena hle. *(O bula lebati o hwetša e le Morongwa)*

Morongwa: Letolo la ka. *(Ka myemyelo)*

Lethabo: Goreng 'tolo? *(O bolela a etšwa ka lemati gomme e bile a le tswalela)*

Morongwa: Ga ke bolele mogwera, nka botšiša wena?

Lethabo: Aowa le nna bothata ga se ka bo bona. Joo! Bona wena o šetše o lokile, nna le go ja ga se ka ja *(O lebelela tšhupanako)*. Ge nkare ke a ja, ke tlile go tšea ngngwaga, lenyaga tšie e tla fofa ntle le mošwang a re tloge.

(Ba rile ge ba etšwa ba bona sefatanaga sa Tumišo se eme mo mmileng)

Tumišo: *Ladies! Mantobazane! BoMabebeza.*

Bobedi: Dumela le Tumišo

Tumišo: Lethabo ke kgopela go bolela le wena *my skat, assoblief.*

Lethabo: Bolela ke lebelong. *(O itshwara matheka)*

Tumišo: Ke kgopela go bolela le wena ka sephiring hle, tsena ka sefatanageng ke tlago bea kua sekolong.

Lethabo: A gona selo seo nna le wena re ka se bolelago ka sephiring, e bile re e itlhaganetše.

Tumišo: Gona ntumeleleng gore ke le lahle kua sekolong.

Morongwa: Re ka thabela seo.

Lethabo: *(O a šonya, o a sepela)* Nna yena ke sepela ka dinao tše tša ka, ga ke nyake go bethwa ke Lerato.

Morongwa: E re o a raloka mogwera?

Lethabo: Gomme mpho se se! *(O tshwela mare seatleng)* Nka se e namele koloi yeo. Efela wena o ka no namela.

Morongwa: A o tiišitše ge o realo?

Lethabo: Ee go bjalo.

Tumišo: Morongwa namela re sepele. *(O bolela a bulela Morongwa lemati)*

Morongwa: *(O a namela)* Ke a leboga. *(Tumišo o otlela sefatanaga)*

Seširo

Temana 3

(E sa le mesong, ge seširo se bulega re bona Tumišo le Morongwa ba le ka sefatanageng ba lebile sekolong)

Tumišo: *(O nyamile)* Morongwa, goreng mogwera wa gago a ntlhoile ka tsela ye?

Morongwa: Hei, nna nka go botša maaka ge nkare ke a tseba.

Tumišo: Aowa Morongwa, o mogwera wa gagwe gomme ke dumela gore o go botša dilo ka moka tšeo di hlagang mo bophelong bja gagwe.

Morongwa: *(O mo lebelela ka mahlong)* Lethabo o kwatišitšwe ke taba ya gago le Lerato.

Tumišo: *Oh*, yeo. Go bolela nnete ga ke mmone phošo ge a nkwatetše. Efela taba ye ya gore a ntshware makgwakgwa ka tsela ye, e tloga e nkweša bohloko e le ruri.

Morongwa: Efela goreng le wena o mmotša gore o a mo rata mola o na le lekgarebe leo o ratanago le lona?

Tumišo: Yeo ke phošo yeo ke e dirilego, efela go bolela nnete nna ga ke sa rata Lerato, e bile ke lona lebaka leo le ntirilego gore ke botše Lethabo ka mokgwa wo ke ikwang ka gona ka yena.

82

Morongwa: Bjale ge e le gore ga o sa rata Lerato, goreng le sa šalane morago wena le yena?

Tumišo: *(O bolela a thoma ka go buša moya boima)* Hei, Morongwa, ke tšhaba go mo kweša bohloko ka lebaka la gore yena o sa nthata. Motho yola o ntsentše tebetebeng, o šetše a ntsebišetše go ba gabo. Se se tloga se nkgokile matsogo le maoto.

Morongwa: *(O sega ka mokgwa kgegeo)* Heheheee. Bjale ka gore a šefa o eme gabotse, goreng o itshwenya ka go nyaka go ratana le Lethabo? Ka gore go tloga go le molaleng go re wena o kgathalla maikutlo a Lerato go feta a Lethabo.

Tumišo: Morongwa o ka se kwešiše.

Morongwa: Nteke.

Tumišo: *(O bolela le ka matsogo)* Lethabo ke a mo rata ka pelo le moya, ka bo kopana nka no re ke mosadi wa ditoro tša ka.

Morongwa: Hei, nna yena go bolela nnete ditaba tša gago di tloga di ntlala dimpa e le ruri.

Tumišo: Morongwa, bana ba kgwale ba bitšana ka melodi, ke a go rapela hle, ke kgopela gore o mo lemoše gore ke a mo rata.

83

Morongwa: Ka madimabe seo ke se nka se kgonego go se dira , ga ke nyake gore o kweše mogwera wa ka bohloko gape. Aowa, go tloga go le molaleng gore wena ga se wa ikemišetša go kgaogana le Lerato.

Tumišo: Aowa Morongwa, ge ke lahlwa ke wena ke tla ba wa ga mang? Ke ra ge ditaba di le ka mokgwa wo nka dira eng?

Morongwa: Nna ke re latela pelo ya gago, o dire seo se ka thabišago wena.

Tumišo: Moo gona o tloga o opile kgomo lenaka.

Morongwa: Ee, e bile re fihlile sekolong. Ke leboga ge o nthipile dinao.

Tumišo: Go leboga nna Morongwa, o be letšatši le le botse.

Morongwa: Le wena hle. *(O bolela a etšwa ka sefatanageng)*

Seširo

Temana 4

(Ke nako ya go ja ka sekolong, ge seširo se bulega re bona Pheladi a na le Lerato ba e ja ka kua bodulong)

Pheladi: Mogwera, o ngwadile bjang lephephe la gago la bobedi la sejahlapi?

Lerato: Ke re bona mola gona ke theletše le tšona e bile ka ka ba ka fetša ka bjako, wena o ngwadile bjang?

Pheladi: Eyayee, motho ke wena. Le nna ke ithagaragile mogwera.

Lerato: *(O a sega)* Hehehee.. Efela o ka re ke a bona ge dipoelo di boya mo, di ganana le tše re di rerago fa.

Pheladi: *(O a sega)* Hahahaaa! Baswana ba e bone gabotse nyatšamolala e re ke yona e tla kgona, ya hwela kua molaleng. Re tla no etša yona le rena, re tla be re se ba mathomo. Eh, mpotše mo, o tlile ka e eng mo sekolong?

Lerato: Ke tlile ka maoto, goreng o botšiša?

Pheladi: *(O a kgotsa a tomotše mahlo)* Maoto?

Lerato: Ee, kganthe goreng o makala ka tsela ye?

85

Pheladi: Aowa, bothata ga bo gona.

Lerato: Ke a gana mogwera, o ka se no mpotšiša potšišo ya mohuta wo mo sebakabakeng ntle le lebaka.

Pheladi: (O bea lehwana fase, o iphumula molomo) E re ke go botše ge. Lehono le ke bone Tumišo ka sefatanageng sa gagwe, o be aološa motho kua

hekeng

ya sekolo. Ka ge ke be ke le kgole, ke bone e ke ke wena gape kgopolo ye nngwe ya re ke bone Morongwa.

Lerato: Eng? Morongwa yo mofe?

Pheladi: Morongwa mogwera wa Lethabo.

Lerato: (O a kgotsa a opa le magoswi) E-e-e! Ke gore nna nna ke sepela ka maoto mola boMorongwa ba ba felegetšwa ka difatanaga? Mehlolo ga e fele.

Pheladi: Mosadi, o swanetše go dira se sengwe, go se go bjalo o tla bona o tshwere mafofa nonyana e fofile ke a go botša.

Lerato: Ge e se Lethabo ke Morongwa, gabotse makgarebe a ankwa eng?

Pheladi: Ba tloga ba go nyaka e le ruri.

86

Lerato: Mogwera ba kgotlile semane bjale gona, ga ba tšwele pele ba nkgotlakgotle, ba tla se hwetša selo seo ba se nyakago. *(O befetšwe)*

Pheladi: Ee, go tloga go le molaleng gore ga ba go tsebe gabotse.

Lerato: Ga ba tsebe gore ga ke bethe ke a bolaya! Nxa.

Seširo

Temana 5

(Ke mosegare wa sekgalela sekolo se tšwile, ge seširo se bulega re bona Lethabo le Morongwa mo mmileng ba lebile gae)

Lethabo: Mogwera, wena le Tumišo le sepetše bjang?

Morongwa: Aowa, re sepetše gabotse mogwera, efela goreng o ganne go namela o ikopiša dinao ka mosepelo?

Lethabo: *(O a šonya)* Hei mogwera, nna yena ga ke sa nyaka selo sa go nkopanya le lešilapuleng lela. Ka lebaka la gore ga ke rate go hlwa ke elwa le basetšana ba gagwe.

Morongwa: Etse o ra Lerato ge o realo?

Lethabo: Ee, mosetsana yola o na le pelo e mpe le wena o a mo tseba.

Morongwa: Ke a tseba, efela Tumišo o rata wena go feta Lerato.

Lethabo: *(O mo lebelela ka mahlong)* E le gore ke eng seo se dirang gore o bolele ka tsela ye?

Morongwa: Ke ka lebaka la gore yena mong o mpoditše bjalo.

Lethabo: *(O a sega)* Hahaaa! Nna nka se dumelele Tumišo gore a ntšhele phori mahlong gape, o tla tšhela wena.

Morongwa: Efela o be a lebega nke o bolela nnete o a tseba.

Lethabo: Mogwera pelo ya motho e etša sethokgwa bokagare bja sona ga bo tsebje. *(O bolela ka matsogo)* Bjalo, ge e le go re o bolela nnete, goreng a sa kgaogane le Lerato?

Morongwa: O re o tšhaba go mo kweša bohloko, kudu mola le ba gabo ba šetše ba mo tseba.

Lethabo: Aowi, bjale o bona go le kaone gore a kweše nna bohloko?

Morongwa: Aowa, ga ke boné a nyaka go dira bjalo, o no ba a gakanegile.

Lethabo: Bjale nna ke dire eng ge a gakanegile? Mxm, e bile ga ke kgolwe gore o kgolwa ditšiebadimo tšeo.

Morongwa: Mogwera nna ke re mmeye mo kgauswi, o ntšhe yo Lerato.

Lethabo: Hei nna yena tšeo di tloga di ntlala dimpa e le ruri, ka ge re tseba gore motho yo re bolelago ka yena ke monna wa mosadi yo mongwe.

89

Morongwa: Mogwera seo ke a se tseba, efela o gopole gore monna ke lepai re a gogelana.

Lethabo: Ke a tseba efela…

Morongwa: *(O mo tsena ganong)* Agaa! Bjale o swanetše o be yo boleta go yena, e bile o mmontšhe mabaka gore wena o mo nyaka o le tee, a tsebe go re dipshio tša tlou ga di pataganywe.

Lethabo: Mogwera ke a go kwa, efela o se ke wa lebala gore ge re bolela bjale lekgarebe la motho yo re bolelago ka yena le nyaka go re ragiša dipakete. Bjalo hei, nna o tla ntshwarela, ga ke nyake go bea bophelo bja ka kotsing go feta mo.

Morongwa: Aowa ga se ka lebala, ke no ba ke lapišitšwe ke go phela ka ditšhošetšo tša gagwe.

Lethabo: Ke a go kwa mogwera, efela gona bjale ke kgopela gore re itsentšhe ka gare ga dieta tša Lerato, re se ke ra mo dira selo seo re ka se ratego go se dirwa mohlang re na le masogana.

Morongwa: Hei mogwera ke go kwele, gona ga re sepele ro keteka *pens down* ya rena re kgaogane le kamano ya Tumišo le Lerato.

Lethabo: Agaa moo gona ke dumelelana le wena, ga re

90

sepele.

(Ba rile ba sa re ba thoma go gata ba gatoga, gwa tšwelela le Lerato a ba šetše morago)

Lerato: Dumelang baitshwarahlephi ke lena!

Bobedi: *(Ba a gadima, ba bona e le Lerato)*

Morongwa: Dumela, sesinyana, o re re eng?

Lerato: Ga o sefowa o nkwele gabotse! Ke gore ga le lape go hlwa le emaema le motse wo le tšeela batho banna yee?

Lethabo: *(O sentše sefahlego)* Kgarebe we, re kwele go lekane ka ditšhošetšo tša gago! Gape ga se rena re rilego o se ke wa kgotsofatša monna wa gago.

Lerato: *(O thoma go befelwa)* Ke tla mo kgotsofatša bjang? Mhm? Ke tla mo kgotsofatša bjang mola o mo tšhelela dihlare gore a go rate?

Morongwa: Tšeo tša go re o mo tšhelela dihlare re thoma go di kwa ka wena.

Lethabo: Ke nnete, monyaka sebilo ga a lape.

91

Lerato: A na etse moloi a ka ipolela a re a loya?

Lethabo: Aretse, eupša go molaleng gore ke wena o fetlekanago le dingaka o re o nthopa Tumišo.

Morongwa: Mogwera, moo gona ke dumelelana le wena. Gape ga se gore taba ye ga re e tsebe, re tseba tšohle. Baswana ba boletše ba re: "Sekhukhuni se bonwa ke sebataladi."

Lerato: Aretse, tšeo ke tša lena. Lena tsebang dikobaobane tenang gore Tumišo o re nna wee. Le gopola gore ke mo tšheletše? Le ge go ka ba bjalo ga di le nyake tšeo. Lehono gona, le tlo ntseba gabotse, ke rata go le bontšha go re monna wa motho o a hlomphiwa. *(O rile go fetša go bolela a nama a ntšha molamo a ba lebanya)*

Bobedi: *(Ba rile go bona molamo, ba hlanola direthe, ka madimabe Lethabo a kgopiwa a wela fase, Lerato a mo rothotha ka molamo go re a šale a rapaletše mo fase)*

Seširo

KAROLO YA 5
Temana 1

(Letšatši le ya bodikela, ge seširo se bulega re bona Pheladi a tsena ka gabo Lerato)

Pheladi: Koko!

Lerato: *(O hlola ka letsikangope o bona e le Pheladi, morago ga moo o bula lemati)* Tsena mogwera.

Pheladi: Dumela mogwera.

Lerato: Dumela, go bjang?

Pheladi: Aowa, bothata ga bo gona, wena o bjang?

Lerato: *(O bolela a thoma ka go buša moya boima)* Aowa, le mo go nna molato ao gona.

Pheladi: *(O mo lebelela ka šedi)* Ga o bonale o le sekeng, a a na ke eng tše ke di gamolago? Ke kwele gothwe o lwele le Lethabo, ke nnete?

Lerato: Ka nnete ditiragalo tša motsana wo ga di na sephiri. Taba tša gona di sepedišwa bjalo ka lephephe la boraditaba. Ee, ke nnete, ke rile ge ke fihla go makgarebe a le ka nama ka ba tšhela ka mae a go bola *(O bolela a šupašupa ka monwana)* Ke

93

ge le bona ba mphoša ka diruwe, ah namile pelo ya ka ya tlala kgamelo, ka nama ka ntšha molamo ba re tuu!

Pheladi: Namile? *(O botšiša a tomotše mahlo)*

Lerato: Ah, kganthe ga bo lefšega go a lliwa? Ke ge ba hlanola direthe, ka madimabe Lethabo a kgopiwa a wela fase, hehe! Ke re a se ka mo kwagatša ge a rapaletše mola fase, ka re kgoponyana tše pšhohlo!

Pheladi: Ke go tseba o le bjalo letolo la ka! Bjale mogwera yola wa gagwe ga se a mo thikiše?

Lerato: O ra toloki yela ya gagwe, ga se a mo thikiše le gatee ke re ke ge a tšhabeša ka lebelo la mmutla o patile mosela.

Pheladi: *(O hwile ka disego)* Hahahaaa! Na o reng wa ka! Gape ka mokgwa wo a bego a fela a emelela Lethabo ka gona o be okare o ikemišeditše go mo hwela legato.

Lerato: Ke mokgwa wa mafšega, ke ra bona batho ba bo molomo-matshela-noka e tletše.

Pheladi: Gape ke kwele ba re o mmethile hle!

Lerato: *(O a myemyela)* Ke re go feta lentšu leo, gomme ge ke bolela bjale, ke kwele ba re ba mo rometše bookelong.

Pheladi: Hei, wa ka nna ke re o dirile gabotse, e bile ke tshepa go re go thoma lehono o tla re ge a bona Tumišo a ralokela kgole le yena.

Lerato: Moo gona o opile kgomo lenaka. Ke re go tloga lehono gona, o tla re ge a bona monna wa ka, a nama a hlanola direthe mo e ke go o kitimišwa ke sefatanaga sa maphodisa.

Pheladi: A re tshepe bjalo.

Lerato: Baswana ba boletše ba re: "Popotela ye e sa kwego e wetše leretheng la mohwelere, gomme gosweng ga yona e ka se sa dulela kgotelele le ka la mohlolo."

Hunadi: Koko! Koko! *(Ba kokota mo mojako ba befetšwe)*

Lerato: *(O hlola ka letsikangope o bona e le mmago Lethabo, a thoma go tšhoga)* Mogwera.. Ke mmagoLethabo!

Pheladi: Ijoh! Bjale o tlo bona o dirile bjang?

Lerato: Gape ke re le bomma ga ba tsebe ka taba ye.

Pheladi: E no bula o kwe gore ba lla ka eng?

Lerato: *(O bolela a tomotše mahlo)* A o hlakane bjaša? O nyaka gore ba mpolaye? Aowa! Woo ke moleko oo nka se lekego go o dira le gatee.

Hunadi: Koko! Na batho ba ka mo ba kae! *(Ba a biloga)*

Mosebjadi: Lerato a ga okwe gore go na le motho yo a kokotago mo mojako?

Lerato: *(O itira okare o be a sa kwe selo)* Ba a kokota? Ijoh tshwarelo hle ga se ka kwa selo.

Mosebjadi: Tlogela, ke tla ya go bula, akere o šitilwe ke go kwa o le gona mo kgauswi. *(Ba a bula)* Agee, ke gae le ka tsena.

Hunadi: *(Ba ntšha muši ka dinko)* Akga! Moloyi yola wa gago o mmitšago ngwana o kae?

Mosebjadi: *(Ka tlabego)* Mmago Mapula, kganthe goreng bjale ? Molato ke eng?

Hunadi: O ka botšiša o tseba? Ngwana wa gago o nyakile a mpolayela ngwana! Ke re o mmethile la masetlapelo.

Mosebjadi: *(O swara molomo)* Eng? Ke taba ya neng yona yeo?

Hunadi: E hlagile mosegare ge ba etšwa sekolong, ke re ge re bolela bjale ngwanaka o bookelong o bakwa le Badimo ka lebaka la tonki ye ya gago ya lehlaka.

Mosebjadi: *(O tšhogile)* Ijoh mmawe! Ke mo kgopelela tshwarelo hle, taba ye e tloga e le ye mpsha mo ditsebeng tša ka, e re ke mmiše a tle fa. Lerato! Lerato!

Lerato: *(O tšhogile kudu le dikudumela di a ela e bile o rwala diatla hlogong)* Ijoh mmawe! Mogwera, bomma e bile ba mpitša.

Pheladi: Ga o na kgetho, e no sepela o kwe gore ba reng.

Lerato: *(O a emelela o leba go bona, e bile o a fihla)* Ke nna yo mma.

Mosebjadi: *(Ba a mo kgadimola)* Ke nna yo ya go nkga! Sathane! O dirile Lethabo eng wena?

Lerato: Ke mmethile ka molamo. *(O tsuputše molomo)*

Mosebjadi: O direla eng seo?

Lerato: Ka lebaka la gore o ntšeela monna! Bjale ke be ke ke mo kgalemela gore a ralokele kgole le yena.

Hunadi: *(Ba thoma go befelwa le go feta)* Ngwana yo o a telela e le ruri, o tseba eng ka go ba le monna wena? Gona sebete sa go betha ngwanaka ka lebaka la monna yoo a se go a go ntšhetša le ge e ka ba kgomo e tee o se tšea kae? *(Ba ema ka maoto)* Wena o ya kgolegong ke nyaka gore ba go rute molao, taba ye ke iša maphodiseng.

97

Mosebjadi:	Aowa hle mosadi, ke mo kgopelela tshwarelo. *(O sekile megokgo)* Gomme le go lefa nka lefa hle. Ke kgopela go re o se ke wa romela ngwanaka kgolegong. *(Ba bolela ba phophotha le ka diatla)*

Hunadi:	Mhm, gona ge e le gore ga o nyake ke tshwariša moleko wo wa gago wa ngwana, ke nyaka dikete tše hlano tša diranta.

Lerato:	*(O a kgotsa)* Ijoh le re tšhelete re e ga mehlareng ee?

Mosebjadi:	Wena homola! Homola mpša tena. Mmago Mapula, re tla le lefa gosasa mesong.

Hunadi:	O tlamegile go dira bjalo ka gore go sego bjalo le gae la sephaphane se sa gago e tlile go ba kgolego. *(Ba rile go fetša go bolela ba nama ba ikgata mehlala)*

Seširo

Temana 2

(Go sele, ge seširo se bulega re bona Hunadi, Mapula le Morongwa ka bookelong e bile ba tsena ka moo go le go Lethabo)

Boraro: Dumela Lethabo.

Lethabo: A... Agee! *(A realo a gohlola ga bohloko)*

Hunadi: Go ya bjang ngwanaka?

Lethabo: Ke k... Kaone mma.

Mapula: *(O šikinya hlogo, a lla ka molodi)* Ke go re Lerato o tloga a go gobaditše ee!

Morongwa: Mogwera nna ke thabela go kwa gore o kaone.

Lethabo: Le nna mogwera, e bile.. Lehono ke kgone le g.. Go ja.

Hunadi: *(O dula fase)* Dibekeng tše di fetilego ke be ke bona go re go na le se se sa sepelego gabotse, bjale mpotše mo, o tšeetše Lerato monna wena?

Lethabo: *(O ponya mahlo)* Mma, n... Nna ga gona monna yo ke kwanago le yena.

Hunadi: Bjale goreng Lerato a go bethile?

Lethabo: O mpethile ka lebaka la go.. Go re a nagana gore ke mo tšeela monna.

Hunadi: Mhm! Nna ga ke sa tseba gore le tsenwe ke eng, le sa le bana efela le šetše le kitimišana le masogana. Bona lehono, Baswana ba re: «Kgope gomela mohlaloga tše bose di a gomelwa. ». Tlogelang tše le hlabe nko pukung, mabose a lefase ga a fele.

Lethabo: Ke le botša nnete mma, le ka no botšiša le Morongwa ge le sa ntshepe.

Morongwa: O bolela nnete mma, Lerato o be a eja ke lehufa fela.

Mapula: Ba bolela nnete, lesogana la Lerato ke lona le na lego phošo fa.

Hunadi: Phošo ya gagwe e kae gona fa?

Lethabo: (O nwa meetse) Tumišo o ile a mpotša gore o a nthata efela nna ke ile ka mo gana. Gomme seo se diregile ka morago ga gore ke hwetše gore go nale lekgarebe leo a ratanago le lona. Efela yena a no tšwela pele a ntšhetše morago go fihlela Lerato a gononela gore ke mo tšeele monna.

Hunadi: Tumišo yo ga a tšee gabotse, gape o tlo dira gore o feletše o bolawa ke mašilo.

Mapula: Moo gona le opile kgomo lenaka.

Hunadi: Mhm ge e le moisa yowe yena ke nyaka go mo ruta molao! O tla ntseba go re ke nna mang. *(Ba befetšwe)*

Morongwa: Bjale ba gabo Lerato le a ba lesa?

Hunadi: Ba gabo Lerato ke ba boditše go re ba swanetše go lefa dikete tše hlano tša diranta, ge ba sa nyake go bona le gae la ngwana yo la wa bona wa molotšana e eba ntlo-leswiswi.

Morongwa: *(O dumela ka hlogo)* Moo gona le tloga le šomile e le ruri, Baswana ba boletše ba re: "kgomo ka mogobe e wetšwa ke namane.". Mogwera bjale ngaka e re e tla go lokolla neng?

Lethabo: Aretse, kgang ke ge ke ikwa ke kaonafala.

Hunadi: Tšeo ke ditaba tše botse, efela gona bjale nako ya go bona balwetši e šetše e jele ke magotlo.

Lethabo: Ke thabela go le bona, le sepeleng gabotse.

Boraro: Re a leboga, o šale gabotse. *(Ba bolela ba sepela)*

Seširo

101

Temana 3

(Ke mosegare wa sekgalela, ge seširo se bulega re bona Tumišo a le ka lebenkeleng)

Tumišo: *(O bolela a nnoši)* Wa tseba a gona selo sa go kwatiša go swana le go ratana le lešilapuleng la motho, bona gona bjale seota se la se bethile Lethabo la masetlapelo bjang. E re ke tsebiše Khutšo ditaba tše. *(O topa sellathekeng o letšetša mogwera wa gagwe)*

Khutšo: *(O rile go kwa sellathekeng sa gagwe se lla a nama a se topa a se araba)* Mmata!

Tumišo: Mokgotse, goreng? *(Ka lentšu la go nyamuga)*

Khutšo: Aowa! Lentšu leo ga se la mogwera wa ka. Bothata ke eng warra?

Tumišo: Hei thaka, bothata ke Lerato. Motho a se go betha Lethabo la masetlapelo.

Khutšo: Eng? *(O tomola mahlo)* Ke taba tša neng tšeo?

Tumišo: Ditaba tše di hlagile maloba, ke re ge re bolela bjale mosadi wa ka o bookelong o lwela bophelo bja gagwe.

Khutšo: *(O mo sega ka mokgwa kgegeo)* Heheeee! O re mosadi wa gago eyayee?

Tumišo: Ee, ke a tseba gore o nagana eng eupša dilo di tlile go fetoga go se go ye kae.

Khutšo: Di tlile go fetoga neng mola lefela le la motho go thwego ke Lerato a go bolayela yena?

Tumišo: Di tlile go fetoga lehono. Wa bona ge e le seota se la sona, lenyaga gona o e gatile moseleng. *(O ntšha muši ka dinko)* Ke re ke ya go mo hlala o tlo re a se ka go botša.

Khutšo: Ka madimabe seo ke tla se tshepa mohlang o nteletša mogala, o mpotša go re o kgaogana le yena.

Tumišo: *(O rile a sa re o a bolela, gwa tsena Lerato)* E re re tla bolela. *(O rile go realo a nama a kgaola mogala)*

Lerato: *(O a myemyela)* Dumela moratiwa.

Tumišo: *(O swabile)* Dumela.

Lerato: Ao bjale bothata ke eng moratiwa? Ga o mahlong.

Tumišo: Bothata ga bo gona Lerato.

Lerato: Aowa, bjale goreng o nyamile ka tsela ye? Kganthe re hwetšwe?

Tumišo: A gona motho yo a hlokofetšego, gona goreng ke botšišwa dipotšišo tša go gana go fela bjale?

103

Ga se ka kgorong ya tsheko mo. O ka rata eng sa go nwa? *(O fela pelo)*

Lerato: Tumišo ga ke nyake sa go nwa. Ke nyaka gore o mpotše go re bothata ke eng, ka gore go tloga go le molaleng gore bothata bo gona. *(O bolela a phutha matsogo)*

Tumišo: Ka nnete o nyaka go tseba? *(O thoma go befelwa)*

Lerato: Ee mpotše, ke be nka se botšiše ge nkabe ke sa nyake go tseba.*(O dula fase)*

Tumišo: Ke kwatišitšwe ke seo o se dirilego, goreng o betha Lethabo o re o go tšeela nna? O reng ka seriti sa ka mo motseng wo?

Lerato: Moratiwa ke be nka se šiname fela ka lebelela mosadi yo mongwe a ntšeela wena, aowa!

Tumišo: *(Ka tlabego)* Lerato! E le go re ke mang a go boditšego gore Lethabo o nyaka go go tšeela nna?

Lerato: Tumišo wee, se itire khudu wa širela ka legapi. O a tseba gore ke le bone le le mmogo makga a mantši ka mo lebenkeleng.

Tumišo: Bathong! Eupša seo ga se selo se se ka dirang go re o mmolaye gakaaka. Lerato Baswana ba boletše ba re: "Nonyana mphakaphaki e tšewa ke pekwa.". Tšwela pele le ditiro tšeo tša

104

gago.

Lerato: *(O thoma go befelwa)* E le gore goreng o kwela lekgarebe le la bohloko? Kganthe o go ješetše?

Tumišo: Ke no ba ke mo kwela bohloko ka lebaka la gore ke motho wa go ba le pelo ye botse.

Lerato: Mhm tseba nna ke tlo dira se sengwe le se sengwe go šireletša kamano ye ya rena. Ge go hlokagala gore ke bolaye, ke tla bolaya ke šireletša kamano ye ya rena.

Tumišo: Le ge go le bjalo, o be o sena toka ya go gobatša Lethabo ka tsela yela. O swanetše gore o amogele gore selo se sengwe le se sengwe se na le mafelelo a sona.

Lerato: O nyaka goreng ge o realo? *(O maketše)*

Tumišo: O tla ntshwarela, efela nna nka se kgone go dula le motho wa go rata dintwa. Go bolela nnete, nna ke ithatela Lethabo. Bjalo, nka se itime monyetla wa go ba le yena pele wena o mpolayela yena. *(O phumula khaonthara ka lešela)*

Lerato: Eh! Mehlolo. Nnete nkgegerepe ge e sega ka le lengwe leino e a epa. Ke hlanogelwa ke wena lehono? Tumišo ke hlanogelwa ke wena? Ke ra ka morago ga matsapa a ma kaaka ke a tšeerego gore ke be le wena? Le go go šupetša gore ke go rata ga kaakang? *(O bolela a rothiša megokgo)*

Tumišo: O tla ntshwarela, fela ga go nnete ya go feta yeo
. K..

Lerato: *(O mo tsena ganong a lla e bile o palelwa ke go bolela gabotse)* Eupša seo ke palelago ke g.. Go se kwešiša k.. Ke gore goreng o be o itira okare o sa nthata nako ye ka moka?

Tumišo: Bona, ke be ke sa nyake go go kweša bohloko.

Lerato: Ka nnete? Bjale tseba ge gore bohloko bjo ke bo kwago lehono, le wena o tlile go bokwa ka moso. Dikeledi tša ka di ka se wele fase. *(O phumula megokgo)* O a tseba ke be ke nagana gore nna le wena re tlo ratana go fihlela re kgaogantšhwa ke lehu, efela go molaleng gore ke be ke holofetše lefeela. O šale gabotse Tumišo. *(O laela megokgo e theogela marameng, a emelela a etšwa ka lebenkeleng)*

Seširo

Temana 4

(Letšatši le diketše, ge seširo se bulega re bona Tumišo a le ka lebenkeleng)

Tumišo: *(O bolela a nnoši)* Lehono gona ke tloga keimologi-le e le ruri. Ke tšere sephetho sa maleba, Lerato o tla ntloga morago ka kgona go lebana le Lethabo la ka thwii *(O a myemyela).* E re ke name ke letšetše Morongwa ke mo kgopele gore a ye le nna kua bookelong. *(O topa sellathekeng sa gagwe o a mo letšetša)*

Morongwa: *(O kwa mogala wa gagwe o lla a o topa ao araba)* Dumela ke Morongwa yo a bolelago.

Tumišo: Dumela Morongwa, ke Tumišo.

Morongwa: Ao Tumišo, go bjang?

Tumišo: Ke lokile, wena o bjang?

Morongwa: Bothata ga bo gona, nka go thuša ka eng?

Tumišo: Ke be ke nyaka go go tsebiša gore ke hlalane le Lerato.

Morongw Eyayee? *(O a kgotsa)* Ke taba tša neng tšeo?

Tumišo: Lehono.

Morongwa: *(O a myemyela)* Ao! Ke gore o tloga o ikemišeditše go ba le Lethabo yee?

Tumišo: Go feta lentšu leo, mmapelo o ja serati. Akere ke ke go boditše gore ge e le Lethabo yena o tloga a le thapa ya dithapa tša ka.

Morongwa: *(O bolela a myemyela)* O mpoditše! Ke a go lebogiša ge o kgonne go kgetha se se thabišago pelo ya gago.

Tumišo: Tše ka moka ke di enywa tša maele ao o ilego wa mpha ona, ka go realo ke a go leboga hle.

Morongwa: Aowa, go leboga nna, e bile ke tshepa gore le Lethabo ge a ka kwa ditaba tše o tla nama a fola ka pela.

Tumišo: *(O bolela a sega)* Hahahaaa! O ra go re a ka fola ka pela?

Morongwa: Ee, o be o nagana go mmotša neng?

Tumišo: Ke be nka thabela go mmotša lehono.

Morongwa: Ga se bošego?

Tumišo: Morongwa o se ke wa lebala gore ke na le sefatanaga.

Morongwa: Ijoh, ke be ke lebetše, o tla ntshwarela.

Tumišo: Bjale ke be kgopela gore o sepele le nna.

Morongwa: Gona feta o ntšea.

Tumišo: Go lokile, e re ke dire bjalo.

Morongwa: Gabotse.

Tumišo: *Bye. (O kgaola mogala)* E re ke name ke letšetše mmata mogala ke mo tsebiše gore ke kgaogane le Lerato ka gore o be a sa tshepe ge ke mmotša go re ke tlile go mo hlala. *(O a mo letšetša)*

Khutšo: *(O rile go kwa sellathekeng sa gagwe se lla a nama a se topa a se araba)* O a tseba ge nkabe o letša ka mokgwa wo e le ge o letšetša Lethabo ke be ke tla re o dira mošomo o mobotse kudu. Gape nna ga ke *gay nie,* ga ke mogatšago.

Tumišo: *(O hwile ka disego)* Hahahaaaa! Na o reng morwa 'a Mpša!

Khutšo: *(O a myemyela)* Mhm o nkwele gabotse, goreng?

Tumišo: Bona nna ga ke nyake selo, ke be ke no nyaka go go tsebiša wena 'tomase makgolwa ka go bona' gore ke kgaogane le Lerato.

109

Khutšo: (*O thakgetše*) Hehehee! Na o mpotša eng morwa 'aKgomo!

Tumišo: Hei go bolela nnete go be go se bonolo le gatee.

Khutšo: Hei, ditaba tša tlhalo ga di bonolo warra. Eupša o se ke wa lebala gore tše ka moka o di dirile lebaka e le gore o nyaka go ba le Lethabo, ke ra yona thapa ya dithapa tša gago.

Tumišo: Agaa, moo gona o tloga o opile kgomo lenaka, gomme tše ka moka ke dienywa tša maele a gago, ka go realo ke a go leboga warra.

Khutšo: Nna ke leboga wena ge o ile wa kgona go lwela seo pelo ya gago e se nyakago. Bjale mpotše mo, o ile wa ya go botša Lethabo mamapo akhwi a ditaba goba o sa ja mamina?

Tumišo: Ke atšwa ka ona mokgwa wo, ke ile go mo tsebiša.

Khutšo: Gona e re ke se ke ka go swarelela, ke go lakaletša mahlatse le mahlogonolo monna!

Tumišo: *Cheers!* (*Morago ga moo a kgaola mogala*)

Seširo

110

Temana 5

(ke mantšibua, ge seširo se bulega re bona Lerato a dutše le mmagwe ka phapošing ya bodulo)

Mosebjadi: Ngwanaka goreng okare wa lla na? *(Arealo a maketše)*

Lerato: *(O a se kgitla)* Hiiiiii! Hiiiii! Mma... Tumišo o ntlhadile.

Mosebjadi: *(Ka makalo)* Eng! O go hladile neng?

Lerato: O... O ntlhadile lehono pele letšatši le dikela.

Mosebjadi: E le gore goreng a dira taba ya mohuta wo?

Lerato: Ke mo hweditše a tsuputše molomo kua lebenkeleng, gomme ke rile ge ke mmotšiša go re bothata ke eng, a mpotša go re yena ga a rate taba ya gore ke bethile Lethabo. Ge ke mmotšiša go re goreng a emelela Lethabo a mpotša gore o dira bjalo ka lebaka la gore o a mo rata.

Mosebjadi: O a bona gore o ragetše lekgarebe le la ka diatleng tša Tumišo ka go mmetha? O tloga o ikepetše lebitla.

Lerato: Bjale le a mo emelela le lena?

Mosebjadi: *(O dula kgauswi le yena)* Aowa ga go bjalo. E no ba e le gore taba ye ya go re o hwetše masogana a go go kweša bohloko ka tsela ye e a ntlhobaetša e le ruri. Ke moo Tumišo le yena o a go hlanogela, mola golwa ga gago le Lethabo go be go swanetše go ba tšhupo ya gore o a mo rata, eupša yena o paletšwe ke go se bona seo.

Lerato: A go nnete ya go feta yeo. Nna taba ya go nkweša bohloko le go feta ke gore Tumišo o be a itira okare o sa nthata nako ye ka moka.

Mosebjadi: Ke bophelo ngwanaka, wena e no ikgothatša ka la gore tlhalo ga e thome ka wena e bile e ka se felele ka wena.

Lerato: *(O inamiša sefahlego)* Ke a lekwa, efela ke tloga ke sa tshepe gore Tumišo o ntlhadile, wa ka wa pe... *(O sa tšwela pele ka go se kgitla e bile o palelwa ke go bolela)*

Mosebjadi: Ngwanaka lerato la batho le a fela ga le tshwane le la Modimo, wena e no kgatla pelo ka leswika o leke go lebala lesogana lela. Ge e le nna mmago, ke tlo dula ke go thekgile ka dinako ka moka.

Lerato: *(O bolela a myemyela)* Le mohlang le iketše Badimong?

Mosebjadi: *(Ba bolela ba sega)* Hehehee... Ke re moo gona ke tlile go go diša bjalo ka kgomo ya 'tswetši.

Lerato: La tseba mma, ke tloga ke leboga thekgo yeo le mphago yona ka mehla.

Mosebjadi: Ke swanetše go dira bjalo a ke re ke mmago, bjale sepela o ye phapošing ya gago ya borobalo o ye go ikhutša.

Lerato: E re ke yo dira bjalo ka gore gosasa ke ya sekolong, le tla robala gabotse. *(O bolela a emelela a leba phapošing ya gagwe ya marobalo)*

Mosebjadi: Ke a leboga, le wena o robale gabotse.

Lerato: Go leboga nna mma.

Seširo

KAROLO YA 6
Temana 1

(E sa le mantšibua, ge seširo se bulega re bona Tumišo le Morongwa ba le bookelong e bile ba tsena ka moo go le go Lethabo)

Bobedi: Dumela Lethabo.

Lethabo: *(O a gadima, o rile ge a bona Tumišo a thoma go befelwa)* Mxm, o nyaka eng mo wena?

Morongwa: Go bjang mogwera? Aowa moya fase hle.

Lethabo: O sa botšiša? Ga ke nyake go bona potsa ye o tlilego le yona fa, wena abore-hwa! *(O bolela a galefetše Tumišo a mo šupetša mojako)*

Morongwa: *(O mo swara ka letsogo)* Shhh... Mogwera iketle, theoša moya o mo fe tsebe. Mokwe go re o go tshwaretše dife.

Tumišo: Go bjang Lethabo? *(O leka go ithapeletša)*

Lethabo: *(O thoma go befelwa le go feta)* Gore ke hlatše ge ke bona sefahlego se sa gago! Mogwera ke kgopela go re o botše motho yo atšwe kamo. *(A realo a lebešitše mahlo go Morongwa)*

Tumišo: Ke kwele, eupša …

Lethabo: (O mo tsena ganong) Aši! E le go re gabotsebotse o nyaka eng mo?

Tumišo: Ke tlile mo go tlo go kgopela tshwarelo mabapi le dikgobalo tšeo Lerato a go hloletšego tšona. Ke na le letswalo la molato, tše ka moka di hlagile ka lebaka la ka. Ge nkabe ke se ka go loša ke tseba gore ke kwana le yena, tše ka moka nkabe di se tša direga. Efela ke tla reng nna tšhiwana pelo le lerato? Ke go ratile Lethabo.

Lethabo: (O a mo gerula) Ka nnete? Ke gona kgopolo ya ga go e go botša gore o tle go kgopela tshwarelo lehono?

Tumišo: Ke be ke nyaka go tla ka letšatši le la go hlagilego dipšhešamare tše, eupša ka gopola go re ke go fe nako o kokotlele. Ke dumela gore seo o be o se hloka go feta dilo ka moka.

Lethabo: (O mo lebelela ka mahlong) Ke a go kwa, fela nna ke nyaka Lerato e be yena a kgopelago tshwarelo, e sego wena sebakeng sa gagwe. Goba ke eng? O go romile gore o tle go tlo mpheleletša?

Tumišo: Aowa Lethabo ga go bjalo hle, gomme e bile ga ke morongwa ge ke le fa, ke itletše ka bo nna.

Lethabo: (*O sega sekwaebana*) Haa! Ke be nka makala. Mosadi wa gago a ka se tsoge a ipone phošo ka se a ntirilego sona. Ka gore ke tseba gabotse go re o nyaka go mpolaya. Mola o ratana le lefahla la Diabolose ke a go botša! Goba yena Diabolose ka sebele, go tseba mang?

Morongwa: Mogwera ke kgopela go re o fe Tumišo sebaka se gore a itlhološe, o be o emiše ka go mo uthautha hle.

Lethabo: (*O mo hlaba ka mpa ya leihlo*) Bathong, bjalo wena o ja ke eng? O šetše o le moemedi wa gagwe bjale?

Tumišo: Morongwa ke wen...

Lethabo: (*O mo tsena ganong ka pefelo*) Bolela se o se tletšego fa.

Tumišo: Ke tlile mo go kgopela tshwar...

Lethabo: (*O mo tsena ganong gape*) O šetše o se dirile seo, se sengwe ke eng gape?

Tumišo: Mphe sebaka hle. Tseba ke tlogetše Lerato.

Lethabo: Bona tšeo tša gore o hladile mang goba o ratana le mang ga di nnyake.

Tumišo: (*Ka boikokobetšo*) Ke a tseba Lethabo. E bile ke a

116

kwešiša gore gobaneng o befetšwe ka tsela ye, fela ke nyaka o tsebe go re mmapelo o ja serati. Nka se kgone phela ka ntle le wena.

Lethabo: *(O bolela a sega)* Heheheee! Na o reng Tumi? Bjale o nyaka gore nna ke reng ge o realo?

Tumišo: Ke kgopela gore o e naganišiše ge e ba o sa nyaka go ba le nna goba aowa.

Lethabo: Nna yena nka se rarele le seolo e bile, ga ke sa na kgahlego go wena. Afa o a tseba go re ke eng se ke se rogakang le go feta?

Tumišo: Aowa, ga ke tsebe.

Lethabo: Ke rogaka letšatši le ke thomilego go go tseba ka lona.

Tumišo: *(O nyamile)* Lethabo se realo hle.

Morongwa: Mogwera....

Lethabo: *(O mo tsena ganong)* Mogwera ke kgopela gore o se ke wa tsena ditaba tše, gabotse ke kgopela gore le sepeleng.

Tumišo: Lethabo ke kgopela o...

117

Lethabo: *(Ka bogale)* Ke rile etšwang!

Bobedi: *(Ba a emelela ba atšwa)*

(Ba rile go tšwa, Lethabo a šala a se kgitla)

Seširo

Temana 2

(Go sele, ge seširo se bulega re bona Lerato a na le mmagwe ka mo serapaneng)

Lerato: Mma, le kgonne go lefa mmagoLethabo?

Mosebjadi: Aowa ke paletšwe ke go mo lefa, ka lebaka la gore ga ke na tšhelete ngwanaka.

Lerato: *(O tšhogile e bile o rothiša megokgo)* Eng? Mma fela le ba tshepišitše gore le tlile go ba lefa, gape go se go bjalo ke tlo ya kgolegong.

Mosebjadi: *(O bolela a sega)* Hahaaa! Ke a raloka, ke ba lefile, o se ke wa lla.

Lerato: *(O a myemyela)* Fela ke be ke tlo ba eng ka ntle le lena?

Mosebjadi: Lepantiti.

Lerato: Hee! Hee! Ga go nnete ya go feta yeo, la tseba ke tloga ke leboga Ramasedi ge a mphile motswadi wa go swana le lena.

Mosebjadi: *(O mo swara marama ka boletiana)* O ka se goge ka kgara nna ke sa phela ngwanaka, aowa.

119

Lerato: Ke a leboga, e re ke ye sekolong pele ke latelwa, le tla šala gabotse.

Mosebjadi: Le wena o sepele gabotse ngwanaka.

Lerato: *(O bolela a sepela)* Ke a leboga.

Mosebjadi: *(O bolela a nnoši)* Wa tseba o tla rata motho ka pelo ya gago ka moka, wa ba wa bea bophelo bja gago kotsing e le ge o re o šireletša kamano ya gago le yena. Eupša ka gore motho ke mokopa o tshwa mare a mpholo-moswana a šitwa ke go se bona seo. Fela re tla reng? Ke bophelo.

(Lerato o rile ge a etšwa ka heke ya gabo a gahlana le mogwera wa gagwe Pheladi)

Pheladi: Letolo la ka. *(Ka myemyelo)*

Lerato: Mogwera, goreng? *(O botšiša a bonala a nyamile)*

Pheladi: Aowa ge nkabe o kwele, wena o bjang?

Lerato: K... Ke hiii.. *(O rile a sa re o hlaloša go re o ikwa bjang ke ge pelo e thoma go tlala, a lla e bile a palelwa ke go bolela gabotse)*

Pheladi: Aowa mogwera, Kganthe go senyegile ge go etla

120

kae bjale? *(O leka go mo homotša)*

Lerato: Tumišo o.. O ntlhadile. *(O phumula megokgo)*

Pheladi: Eng? *(O botšiša a ahlame)*

Lerato: Tše ka moka di diregile maabane ka morago ga go re ke mo hwetše a tsuputše molomo kua lebenkeleng.

Pheladi: *(O bolela a opa magoswi)* Mehlolo! Nnete Baswana ba e bone gabotse nkgegerepe gore ge e sega, ka le lengwe leino e a epa. Goreng a dira taba ya mohuta wo?

Lerato: O ntlhadile ka la gore yena a ga nyake go itima monyetla wa go ba le Lethabo pele nna ke mmolayela yena.

Pheladi: Mma'antswetše! Tumišo o hlakana bjaša lena?

Lerato: Go tloga go le molaleng go re go bjalo. Ge e le moitshwarahlephi yola go thwego ke Lethabo o tloga a feditše ka monna wa ka, ka go re Tumišo yo ke mo tsebago o be a ka se tsoge a mpoditše mantšu a bohloko ka tsela yela. Lehono ke yola o fetogile.

Moporofeta: Gomme ga go bjalo. *(A realo monna wa Modimo a tšwelela ka morago ga bona)* Le a tseba bana ba ka,

121

lerato la nnete le na le maatla a go thopa go feta lerato la maitirelo ke ra lona la dihlare. E lego lona leo le tšeago karolo gare ga Tumišo le Lethabo. Lerato ngwanaka modimo o re ke go botše go re wa gago wa pelo le moya o sa etla, khutšo ga e be le lena. *(Monna wa Modimo o rile go realo a nama a thoma go gata a gatoga)*

Pheladi: Hei mogwera bjale gona ke a kwešiša gore gobaneng maleatlana a le a nkadingala a moratišo le a go ratha Lethabo le Morongwa ka tladi a se a šome.

Lerato: Mogwera o se ke wa mpotša go re o kgolwa ditšiebadimo tšela. A ga o bone go re motho yola o rometšwe ke Lethabo? *(O bolela ba tsena ka heke ya sekolo)*

Pheladi: Ke a go kwa mogwera, fela ge e le gore monna yola o rometšwe ke Lethabo gore a re botše ditaba tše, gona goreng maleatlana a nkadingala a hlolegile?

Lerato: Go bolela nnete le.. *(O rile a sa re o a hlaloša, tšhipi ya lla)*

Pheladi: Hei mogwera bona ke nako yela, re tla bolela ka nako ya go ja. *(A realo ba leba dithapelong)*

122

Seširo

Temana 3

(Ke mosegare wa sekgalela, ge seširo se bulega re bona Hunadi le Mapula ba tsena ka lebenkeleng)

Hunadi: *(O ntšha muši ka dinko)* E le gore wena mošimane o nagana gore o selo mang?

Tumišo: Thobela, ka hlompho le boikokobetšo ke kgopela gore re se ke ra galefelana hle. Ke kgopela gore re bolele ntle le mašata.

Hunadi: Hei o se ke wa ba wa leka go mpotša go re ke theoše maswafo, goreng o romela lekgarebe la gago gore le bethe ngwanaka?

Tumišo: *(O thoma go tšhoga)* Ke... Ke mmagoLethabo?

Mapula: Wena o nagana gore e ka ba e le mang? *(O tletše ntlo ka molomo)*

Hunadi: Fetola potšišo mošaa!

Tumišo: Mma ke kgopela le ntshepe ge ke re ga se ka romela motho gore a bethe Lethabo nna, aowa.

Hunadi: Mang? Nna? Ke tshepe wena ka morago ga se se hlagetšego ngwanaka? Bjale goreng lekgarebe la gago le bethile ngwanaka go šoro ka tsela yela?

Tumišo: Lerato o be a eja ke lehufa, gomme ke rile go kwa gore o bethile Lethabo ka nama ka mo hlala.

Hunadi: Gabotsebotse o mpša wena *(O mo šupa ka monwana)*. O be o sa lošaloša Lethabo o direla eng mola o na le lekgarebe leo o ratanago le lona? Bona go re o beile bophelo bja ngwanaka kotsing lehono.

Tumišo: Yeo ke phošo ye ke e dirilego, eupša ke kgopela gore le ntshwarele. E bile ke kgopela gore le ntshepe ge ke re Lethabo ke a mo rata, e bile ke rata go mo nyala. Fela nka se kgone go se dira seo ka ntle le ditšhegofatšo tša lena.

Mapula: *(O botšiša a gohlotše mahlo)* A ke go kwele gabotse? O re o nyaka go mo nyala?

Tumišo: Ee, ka lebaka la gore ga ke bone bokamoso bja ka ka ntle le yena.

Hunadi: *(O bolela a thoma go theoša moya e bile a myemyela go senene)* Gona ge o realo, go tloga go laetša gore o rata Lethabo e le ruri. Eh, ka go realo ke a go tshwarela. Modimo a hlogonolofatše kamano ya lena.

Tumišo: *(O bolela a thabile e bile o ka re o tla tla a fofafofa)* Ke a leboga mmatswale.

125

Seširo

Temana 4

(Go sele, ge seširo se bulega re bona Morongwa ka bookelong a tsena ka moo go le go Lethabo)

Morongwa: *(O bolela a myemyela)* Dumela mogwera.

Lethabo: *(O a gadima o bona e le Morongwa)* Dumela Morongwa mogwera.

Morongwa: Go ya bjang?

Lethabo: Ke kaone kudukudu, wena o bjang?

Morongwa: Nna ke lokile letolo la ka.

Lethabo: E tloga e le taba tše botse tšeo, gape ke rata go go leboga ge lehono o se wa tla le moleko yola wa motho.

Morongwa: Aowa mogwera, se realo ka ngwana wa mosadi yo mongwe hle.

Lethabo: O nyaka ke reng? *(O fela pelo)* Gona goreng o tlile le yena fa, o tseba go re ke rile ga ke sa nyaka selo seo se ka nkamanyago le yena?

Morongwa: Mogwera, ga di šiye marapo. O ka se kwate go ya go ile. Go tla ga ka le yena mo e be e se

127

kakanyo ya ka, ke yena a nkgopetšego gore ke tle le yena fa.

Lethabo: (*O thoma go befelwa*) Nxa, wena tsebanyana tena wa re ke tla go iša go yena.

Morongwa: Bona, nna tše ka moka ke a tseba gore o di boledišwa ke go tlala pelo, nna le wena re a tseba go re o a hwa o a ikepela ka Tumišo. (*O dula kgauswi le yena*) Bjale, nna bjalo ka mogwera wa mmakgonthe ke tlile mo go tlo go eletša go re o tshwarele Tumišo.

Lethabo: Ke re ke se direla eng seo?

Morongwa: Wena le Tumišo?

Lethabo: Ke a gana, wa bona yeo ke ye nka se tsogile ke e dirile.

Morongwa: Ke a go kwa, eupša potšišo ya ka ke gore a na o tla kgona go phela ka ntle le yena?

Lethabo: (*O theoša moya*) Hei, mogwera... Go bolela nnete ga ke bone bokamoso bja ka ka ntle le yena.

Morongwa: Seo ke a se tseba, bjale ge mo tshwarele, le be mmogo.

Lethabo: Ke a rata go ka dira bjalo mogwera, fela motho

128

yola o nkwešitše bohloko bjo e lego gore e sa le ke tswalwa ke mma le papa, ga se ke ka bokwa pelong ya ka.

Morongwa: Kgati ga e tswipinywe leboelela lebading le tee, se mo tlaiše. Ke a kwešiša go re o kwele bohloko, fela ke ka mokgwa wo lerato le lego ka gona.

Lethabo: *(O bolela a myemyela)* Gona go lokile, ke tla boledišana le yena.

Morongwa: Agaa! O boletše sesadi bjale. *(Go tsena ngaka ba sa iketlile, o a ba tamiša e bile o lebiša mahlo a gagwe go Lethabo)*

Ngaka: Lethabo, o ikwa bjang lehono?

Lethabo: Ke ikwa ke le kaone kudukudu.

Ngaka: Eyayee! Ke thabela go kwa seo, gomme ke tshepa gore o tla thaba kudu ge ke go tsebiša gore ke a go lokolla lehono.

Lethabo: *(O thabile)* Ke thabela go kwa seo *Doctor*.

Ngaka: Ge ke bona balwetši ba ka ba fola, seo se ntšeša di wela. Ke tla boa go wena kgapela.

Lethabo: Ke a leboga. *(O lebelela Morongwa)* Mogwera o tla kgona go mpha ya go namela? Ke tla go lefa ge re

129

fihlile gae.

Morongwa: Jonna. Ka madimabe ga se ka swara yeo e lekanego.

Lethabo: Bjale ke tlo bona ke dirile bjang?

Morongwa: E re ke letšetše Tumišo ke mo kgopele gore a tle go re tšea.

Lethabo: Dira bjalo, mogongwe ke tla hwetša le monyetla wa go bolela le yena.

Morongwa: *(O tšea sellathekeng o letšetša Tumišo)* Re na le mahlatse ka gore mogala wa gagwe o a tsena.

Tumišo: *(O rile go kwa sellathekeng sa gagwe se lla, a nama a se topa a se araba) Hello*, Dumela Morongwa.

Morongwa: Agee! Tumišo, Lethabo ba mo lokolotše mo bookelong, bjale re be re kgopela gore o tle o re tšee.

Tumišo: Morongwa nna le wena re a tseba gore mogwera wa gago a ga nyake selo sa go mo kopanya le nna.

Morongwa: Se tshwenyege ke boletše le yena, e bile ke go letšeditše ka tumelelo ya gagwe.

Tumišo: Ao? Gona ge o realo ke tlatla.

Morongwa: Re a leboga. *(O bolela a kgaola mošgala)*

Lethabo: O dumetše?

Morongwa: Ee o dumetše, o re o tseleng.

(Ka morago ga sebakanyana ba bona Tumišo a tsena)

Tumišo: Dumelang makgarebe a Mokopane.

Bobedi: Dumela, le wena Tumiša.

Morongwa: Tumišo re leboga ge o kgonne go fihla.

Tumišo: Go leboga nna.

Lethabo: Morongwa, ke kgopela o iše diporogwana tše tša ka kua sefatanageng hle.

Morongwa: E re ke dire bjalo. Gona ka mokgwa wo ke tšwetše sa ruri, le tla nkhwetša kua ntle. *(O bolela a lebile mojako)*

Lethabo: Tumišo, ke leboga ge o tlile. Ke be ke se na kgetho , ka lapeng ba ile mošomong ke be ke swanetše go llela go wena. Se sengwe gape, ke rata go kgopela tshwarelo, maloba ke be ke na le pefelo ye ntši kudu. Go phoša motho e sego kota.

Tumišo: (*O swara Lethabo ka letsogo*) Ke a kwešiša ratu, o motho o na le maikutlo. Nna tše ntši ga ke rate go di bolela ntle le gore ke a go rata, gomme e bile nka se lahlele toulo go fihlela ke e ba le wena re ntšhana sa inong.

Lethabo: (*O ediša sefahlego*) Tumišo Kgomo... E sa le ke tswalwa ke mma le tate ga se ke ka rata lesogana go swana le ka mokgwa wo ke go ratago ka gona. Ke kgopela gore re bee tše šoro tšeo di hlagilego matšatši a a fetilego morago ga rena, nna le wena re tle re kgone go ipshina ka mamapo a lerato le la rena.

Tumišo: (*O bolela a myemyela*) Ke leboga kudu ge o kgonne go ntshwarela moratiwa. Ke a ikana ka bomma le bopapa gore go tloga lehono gona, ke tlile go go rata, ka ba ka go thabiša gofihlela re kgaogantšhwa ke lehu. (*O khunama fase ka lengwele, o ntšha palamonwana*) Ke kgopela go re o ntire monna ga re ga banna, o be mosadi wa ka.

Lethabo: (*O thabile kudu e bile o rothiša megokgo ya lethabo*) Ee ke... Ke a dumela go ba mosadi wa gago.

Tumišo: (*O bolela a mo apeša palamonwana*) Ke a go leboga mmago bana ba ka. (*Ka morago ga go mo apeša palamonwana o ile a mo atla*)

132

Lethabo: Bjale ge, ga re sepele re yo botša lefase le lohle
go re nna le wena, re ile go betha setepe.

Tumišo: *(O bolela a myemyela)* Aga! Ga re sepele mogatšaka.

Seširo

Temana 5

(Ke letšatši leo Tumišo le Lethabo ba nyalanago ka lona, ge seširo se bulega re bona Mosebjadi a le ka phapošing ya bodulo)

Mosebjadi: *(O bolela a nnoši)* Lehono le, ge e le gore go na le motho yo pelo ya gagwe e rothago madi, e tla be e le pelo ya ngwanaka. Taba ya go nkweša bohloko le go feta ke gore ke a gapeletšega go ya kua lenyalong la Tumišo le Lethabo ka lebaka la gore re somišana mmogo ka nako ya melato. E re ke bitše Lerato ke mo tsebiše. Lerato! Lerato!

Lerato: *(O rile go kwa mmagwe a mmitša a nama a ithotoša a ya go yena)* Mma, le a mpitša?

Mosebjadi: Go bjalo ngwanaka, ke kgopela go re o dule fase.

Lerato: *(O dula fase)* Go na le taba mma?

Mosebjadi: Ee, ke a tshepa gore o a tseba go re lehono le ke lenyalo la Tumišo.

Lerato: Ee, go bjalo mma.

Mosebjadi: E bile o a tseba gore ke ba poto ya rena.

Lerato: Gabotsebotse, e bile ke a le lokolla, le ka sepela la ya go phetha tša poto ya lena.

Mosebjadi: O a tseba o tloga o tiile go feta nna mmago, gape ke re ge nkabe nna ke le wena ke re ke be ke tlo tšholla sediba sa megokgo lehono.

Lerato: *(O šikinya hlogo) No,* Ke lletše Tumišo go lekane mma. Ke amogetše go re o tšwetše pele ka bophelo.

Mosebjadi: O a tseba a gona selo sa go nthabiša go swana le seo. Ke a rapela go re le wena Modimo a go hlogonolofatše ka monna wa nnete yoo a tlo go go rata gofihlela le kgaogantšhwa ke lehu.

Lerato: Ke a leboga motswadi, fela gona bjale ke nagana gore ke nako ya gore le sepele pele le latelwa.

Mosebjadi: *(Ba bolela ba emelela gomme ba sepela)* E re ke dire bjalo, o tla šala gabotse.

Lerato: Ke a leboga, le lena le sepele gabotse. *(O bolela ka pelo)* Mhm wa tseba ga ke tshepe gore lehono le, lerato la pelo ya ka le nyala mosadi yo mongwe *(O rothiša megokgo).* Ke sa mo rata ka pelo ya ka ka moka gomme ke be ke ipotša go re nna le yena re tlo kgaogantšhwa ke lehu, fela ke tla dira eng? Gothwe hlapi holofela, leraga meetse a pšhele o a bona. Tša go kgaogantšhwa ke lehu ke tša maloba. *(O rothiša megokgo fase a inamišitše sefahlego)*

135

(Ke mathapama, e sa le letšatši la lenyalo go tletše la go falala ka gaKgomo, go hloka le botshwelo bja mare. Re bona Lethabo le Tumišo ba le ka sefatanageng)

Tumišo: *(O bolela a myemyela)* Mma Kgomo.

Lethabo: Ntate Kgomo.

Tumišo: O a tseba, ke be ke sa tshepe gore letšatši le le tla fihla.

Lethabo: Mhm, moo ke dumelana le wena mogatšaka, kudu ka morago ga dilo tšeo re fetilego go tšona.

Tumišo: Ka nnete, ke re gape o be o feditše le pelo gore ga o sa nyaka selo sa go go kopanya le nna. Lenyalo le e tloga e le mohlolo wa Modimo.

Lethabo: *(O bolela a sega)* Hehehee! Moo gona o tloga o opile kgomo lenaka. Ke nagana go re o swanetše o leboge Morongwa ka lebaka la gore Modimo o romile yena go re re feleletše re e ba mo re le go gona lehono.

Tumišo: Ga go nnete ya go feta yeo, ke nyaka go mo leboga ka go mo rekela se sengwe ka letšatši la gagwe la matswalo.

Lethabo: Eng? Nna o se wa nthekela?

Tumišo: Wena se belaele ka lebaka la gore gona bjale ke na le wena lehlakoreng la ka ka dinako tšohle, ke tlo go rekela, ke ra le ge e ka ba sefofane.

Lethabo: *(O bolela a myemyela)* Ke nyaka sefatanaga sa maemo.

Tumišo: Wena o šetše o na le difatanaga.

Lethabo: Aowa!

Tumišo: Akere difatanaga tša gaKgomo ka moka ke tša gago, gape re a nyalana lehono.

Lethabo: Le ge go le bjalo ke nyaka se se mpsha seo se re go nna wee!

Tumišo: *(O bolela a myemyela)* Basadi, gona go lokile ke tla go rekela sa gago. *(O bolela a mmetha ka tladimolongwana)*

Lethabo: Go kaone ge go le bjalo. *(O a kgotsa)* Heh wena! O bone go re mmagoLerato o be a re lebeletše bjang?

Tumišo: Mhm ke mmone, wa bona ge nkabe ba re mahlo a nale maatla a go bolaya, a ke nyake go o botša maaka nkabe re le ditopo gona bjale.

137

Lethabo: Hei ga go nnete ya go feta yeo, fela ke ba kwela bohloko le ge e le gore ba ntlhoile.

Tumišo: O tloga o na le pelo e le ruri. Nna ge nkabe ke le wena ke be ke tlo re ba layegile, kudu ka morago ga dilo tše mpe tšeo ba go dirilego tšona.

Lethabo: Ee a ke re ga se wena yo a tšeetšwego *sethandwa*.

Tumišo: Moratiwa ga gona motho yo o mo tšeetšego monna ka lebaka la gore ke nna ke kgethilego go tla go wena. Ba le ba gabo Lerato ba swanetše go amogela gore mmapelo o ja serati.

Lethabo: Ke a go rata mogatšaka. *(O bolela a ediša sefahlego)*

Tumišo: O ratwa ke nna moratiwa. *(A realo a myemyela, e bile a mo swara lehlaa)*

Mafelelo